U0693856

狄仁杰之末路狂花

DI RENJIE ZHI
MOLU KUANG HUA

翟之悦◎著

时代出版传媒股份有限公司
安徽文艺出版社

图书在版编目（ＣＩＰ）数据

狄仁杰之末路狂花/翟之悦著. —合肥：安徽文艺
出版社,2020.11
　ISBN 978-7-5396-6940-3

　Ⅰ．①狄… Ⅱ．①翟… Ⅲ．①长篇小说－中国－当代
Ⅳ．①I247.5

中国版本图书馆 CIP 数据核字(2020)第 066094 号

出 版 人：段晓静
责任编辑：宋晓津　　　　　　　　装帧设计：徐　睿

出版发行：时代出版传媒股份有限公司　www.press-mart.com
　　　　　安徽文艺出版社　www.awpub.com
地　　　址：合肥市翡翠路 1118 号　邮政编码：230071
营 销 部：(0551)63533889
印　　　制：合肥创新印务有限公司　　(0551)64456946

开本：710×1010　1/16　印张：13.75　字数：250 千字
版次：2020 年 11 月第 1 版
印次：2020 年 11 月第 1 次印刷
定价：39.80 元

目录

第1章　辣手摧花 / 001

　　姬妾们一起望向淳于芳,她正眼泪汪汪地擦拭董一夫下巴上的血迹。黑衣人眼睛一亮,挥挥手让其他女人让开。他把长剑丢到淳于芳脚下,笑嘻嘻地说:"给你两个选择,要么告诉我董小姐的下落,要么就把你主子杀了。"

第2章　神秘道姑 / 019

　　"董小姐受惊了,请坐请坐!"玄机道姑笑吟吟地拉住阿怜的手,"你可以叫我玄机道姑。"阿怜甩开她的手,杏眼圆睁,厉声说:"你既是道门子弟,为何要为虎作伥,干这种烧杀掳人的勾当?"

第3章　一探魔窟 / 031

　　翡翠一惊。玄机道姑并不在意她的回答,兀自说下去:"粗壮的那个,跨上马时,居然露出了官靴。依我看,准是新刺史派来打探消息的。"她怒气冲冲地返回道观,召集所有手下,训诫道:"日后要严守门户,要是再闯入奸细,仔细你们的皮!"她怒目所到之处,众人都噤若寒蝉。

第4章　铿锵玫瑰 / 045

　　狄仁杰呵呵一笑:"姑娘言重了——"还未等他说完,黑汉子自行推宫换血,右手已恢复灵便。他纵身抢过锁链,往女子脖中一套,喝道:"女扮男装,本就居心叵测,还敢公开附逆叛党,活得不耐烦了。跟我回去!"

第 5 章　英雄气短 / 055

一天晚上,狄仁杰正在刺史府的偏院里练剑,剑锋霍霍,吞吐无定,正练得兴起,一道娇俏的身影扑入院内,剑影一晃,已到眉心,狄仁杰心中暗叫:好快的身法! 头部向后疾挺,剑锋从鼻端擦了过去。

第 6 章　山中恶斗 / 067

对方连叫几遍,见无人回应,暴躁起来,下令清点人马,重做布置。尖利的哨音中,山贼纷纷下马,分作前后两批。打前站的山贼手持盾牌和长矛,一边护住要害,一边小心翼翼向前,一路捣毁李文彪等设下的陷阱。后排山贼在盾牌的掩护下,向坡上放箭。

第 7 章　蒙尘明珠 / 079

狄仁杰拦腰抱住上官允儿,就地一滚,一手已抽出佩剑,格开箭镞。此时,酒肆二楼亦跳出一个黑衣弓箭手,机括声响,一排箭镞向地上的两人疾速飞来。

第 8 章　情苗暗长 / 089

他正想说下去,忽听门外一声轻响,像是谁踩断了枯枝,他即刻跳起来,推开翡翠,靴子都来不及套上,便向窗口扑去。可安息香麻痹了神经,影响了他的速度,身子还未完全离榻,三个人影便迅速从门口挤进来。

第 9 章　魔域桃源 / 099

她推推昏昏欲睡的小玉,悄声说:"外面那个恶徒居然有宫里的腰牌,他是李家的人。"小玉因为怀孕,时常犯困。阿怜话语轻轻,可在小玉听来却如闻惊雷,她失声道:"李家? 李氏皇族?"

第10章　荒野遇袭 / 113

三人斗到酣处，忽然当的一声，一把刀被狄仁杰的软剑削去一截，那人也不惊慌，袖子一挥，袖口中飞出一个暗器，噗的一声，在狄仁杰面前散开，化成一团蓝色的烟雾，此时月光清冷，映射之下，更是诡异无比。

第11章　魂断洛阳 / 123

上官允儿顿觉右脚剧痛，双手一松，跌下墙来。狄仁杰疾奔几步拦腰抱起允儿，奔到墙边，可墙垣甚高，他如此一来，更无法一跃而上，只得托住她身子，向上抛去。突闻身后传来一声怪笑，一个巨大的网兜落下来，将二人缠住。

第12章　手刃仇敌 / 137

片刻后，从屋顶扔下一个包裹来。两人吃了一惊，狄仁杰伸手一扯，扯断包上绳索，还未打开，已闻到一阵腥味，心怦怦乱跳，双手出汗，一开包裹，赫然是一个怒目圆睁的头颅，面色宛然可辨。

第13章　深谷杀机 / 149

他身子如箭离弦，直扑右侧敌人，剑光点点，杀伤几人，一个扫堂腿，几个杀手翻个筋斗，直跌出去，余人一时不敢攻进，露出数丈空隙。他再次得以喘息片刻，立刻施展轻功，抱紧阿怜，足不点地冲到山坡边。

第14章　玉殒香消 / 157

薛祁山一言不发，脱下上衣蒙住马眼，接着挥动马鞭，马儿顿时驾车飞奔起来，冲到不远处的悬崖边。薛祁山猛地飞身跳出，只听马儿一声惊嘶，四脚踏空，随着惯性堕入了万丈深渊。

第15章　黄雀在后 / 171

那使剑的挽了几个剑花,唰唰唰几招,狄仁杰竟攻不进去,另几个使刀的却已攻近阿怜身旁。狄仁杰见那使剑的是个武功好手,一时占不了便宜,可阿怜那边却已危急,蓦地回身,已转到那几个刀手背后,抓住几个家伙后心,一运气,竟将他们尽数拎起甩了开去。

第16章　深入虎穴 / 185

狄仁杰默记道路,心想这薛子仪真是工于心计,生怕有内奸,连引路人也各司其职,不能僭越。最后沿着花园小路,弯弯曲曲走了一阵,来到一排厢房跟前,却也不进屋,从侧门出去,进了一间偏房,请他们入内,端上精美至极的酒水点心。

第17章　飞花逐日 / 195

站在原地的狄仁杰,清楚地知道,阿怜将带着俚人们走向那光明的远方,而他自己已然飘向了黑暗的深处。可这是他的选择,哪怕,从此面对的,是动荡危险的未来,是永远的孤独。

第1章

辣手摧花

豫州,长街。

"怎的还在搜捕乱党?"裴行俭望着哄乱的街面,一紧缰绳,胯下坐骑嘶鸣一声,缓缓放慢步子。

"我既已到任,怎能再容官军胡作非为?"与裴行俭并驾齐驱的狄仁杰愤然道。

年轻有为的狄仁杰是新上任的豫州刺史。举止斯文、面容俊秀的他,乍看是个文弱书生,可那健硕的体形和坚毅的眼神却令人不敢小觑。他曾屡破"库银失窃案""宰相被杀案"等要案、悬案。破获错综复杂的"皇后中毒案"更是让他名动朝野。机敏能干的裴行俭是狄仁杰的副手,这些年帮了狄仁杰不少忙。

眼下,狄仁杰和裴行俭离了刺史府,疾奔城外。前任右相董一夫宅邸发生命案。可狄仁杰等行到长街,却被阻住了去路。十来名官军赶着一大队百姓,正向东行。不少百姓背了包袱,走得气喘吁吁。几个官军手持铁链,不住地叫骂催赶,像是赶牲口一般。一华服老者步履蹒跚,失足倒地,包袱散落,滚出好些金银财宝、珠钗玉器。一个官军大怒,挥起右手,向他打去。

狄仁杰马鞭挥出,卷住官军右手,怒问:"怎么回事?"

那官军扭头怒目而视:"你是何人,竟敢包庇乱党?"

裴行俭急忙拍马上前,叱道:"不得无礼! 这是豫州刺史狄大人。我们正要出城办案。"

那官军容色稍缓,双眼一翻,甚是倨傲,道:"我等奉宰相张光辅大人之命,将乱党带回军中查办,旁人不得阻挠。"说着,左手向城外方向一指,"狄大人，你请吧。"那架势，竟丝毫未将狄仁杰放在眼里。

狄仁杰不知内情，只得松了马鞭，放了那官军，心头却郁闷难消，一夹马腹，向前去了。

裴行俭策马跟上，悄声道："听说，张光辅已抓了几千人，大牢快关不下了。"话音未落，忽听前方吆喝喧哗。只见几个"乱党"颈套锁链，被官军押走。

"若真是乱党便罢，只怕……"狄仁杰若有所思。

"嘘！"裴行俭慌忙摇手，惊道，"此等大逆不道之言，万万不能出口。若是传到张光辅大人耳中，当心他到武太后面前参你一本。"

狄仁杰不再言语，心事重重地穿过官道出城，沿途只见好些百姓扶老携幼，背包挑担，推着板车，向城外逃去。随处可见官军抓人，百姓哭号，家家门窗残破，箱笼散乱。整个豫州街市冷落，门庭凋敝，不复昔日繁华盛景。

狄仁杰一行直奔董宅。一进大门，几个捕快主动迎上来，满脸堆笑为他们牵马。捕头许方亮抢着向狄仁杰汇报："董一夫被刺。还死了十几个姬妾、仆婢……"

昨夜，董宅。

"嘁！"董一夫向偎在身边的几个爱姬撇撇嘴，"李唐皇族又如何？饶是盘根错节、兵强马壮，还不是被武太后派出的官兵杀个片甲不留？那武太后可不是普通的女人哪！"

"大人说得极是！那洛水边的神石上刻着呢：'圣母临人，永昌帝业'。连我这大门不出、二门不迈的小女子都听说了。"

董一夫最喜欢的爱姬淳于芳逢迎着，纤纤玉手老练地伸向他的颈窝，不住揉捏起来。

一同随侍的姬妾们频频朝淳于芳翻白眼，可这娇娆入骨的大美人浑然不顾。她当然清楚自己在董一夫心里的地位。

淳于芳被接入这座位于豫州城郊的豪宅之前，年过半百的董一夫因官场

失意,在床榻间早已"力不从心"。可自打偷偷将涉嫌杀夫的女犯淳于芳窝藏下来之后,一切都不同了。淳于芳或许是条美女蛇,可他就是喜欢她那股致命的吸引力。

董一夫曾是朝中右相,早年因善写文章被荐为门下省典仪,却一直郁郁不得志,还几乎被贬官,直到遇上了当年的武昭仪,也就是如今的武太后。董一夫在拥立武昭仪为皇后的事件中立下大功,这才开始青云直上。那些年,仗着有武皇后撑腰,董一夫的子侄都被封了官。幼女董星怜也因才貌出众,频频被武太后召进宫。坊间还一度传闻,武太后有意将董小姐指给太子为妃。

那是董一夫的黄金岁月。他广结朋党、卖官鬻爵,一度权势熏天。源源不断的美女和银两被送进他购置的几处大宅。然而,与此同时,他的劣迹也传遍了朝野,对他的弹劾如雪片般飞到武太后案头。武太后召见董一夫,明示暗示过好多次,而他却全然不知收敛。后来几番被贬,可不久又被启用,皆因武太后感念他的忠心和功劳。然而这次,他赋闲已有一年之久,武太后却依然没有召他回去的意思。

就在不久前,李唐皇族发动了叛乱,琅琊王李冲在博州带头起事,虽很快被镇压下去,李冲也被杀了,可李冲兵败身死的消息却并未及时传到豫州。李冲的父亲,豫州刺史、越王李贞按照事先的约定,伙同儿子和女婿,在豫州起兵响应。这场叛乱持续了好些天,整个豫州城在血雨腥风里动荡不堪。董一夫穷尽毕生心机弄回来的美女和钱财,自然引来了许多贪婪的目光,近来这些贼人大有强抢之势,搞得他心里七上八下,唯有把希望寄托在武太后的铁腕上。

叛乱爆发两天后的清晨,朝廷派出的十万平乱大军终于抵达了豫州。经过一番厮杀,叛军全面溃败。李贞的儿子和女婿奋力杀出重围,企图保护李贞父女出逃。可是,各个城门都已被官军封锁,李贞一家只好愤然自尽。

见越王已死,豫州城内众官员急忙打开城门,向官军投降,并纷纷撇清与李贞的关系。官军领队立功心切，带上李贞等人的人头回去邀功领赏，留下负责节度诸军的凤阁侍郎张光辅处理善后。

这场李唐皇族发起的针对武太后的叛乱，就这样轻易地被平定了。可私心甚重的张光辅并不打算就此罢休，他带着士兵在城内抢钱霸女，若谁不从，便污蔑谁为乱党家属，当场捉拿。没几天工夫，几百户无辜百姓被定为李贞同党，籍没者五千多人。一时间，豫州大牢人满为患，整个豫州哭号震天。

这天夜晚，漆黑的浓雾遮蔽了明月，也遮蔽了董一夫的豪宅。这本该是个醉生梦死的迷离夜，可到处都是搜捕乱党的喧嚣声。

煞风景！董一夫觉得扫兴，他朝窗户外望望，叹口气，又转回卧室来了。他一下子说不清，他想看到的是什么。"月黑风高杀人夜。"脑里突然冒出一句，他心中一凛："张光辅连身无长物的穷人都要敲诈，又怎会放过我这个富得流油的失势宰相？武太后啊武太后，快来救救我吧……"

"快来人！"他颤声叫道。话音刚落，淳于芳袅袅婷婷地飘进了奢华的卧室。不论他何时召唤，第一个过来的总是这条妖娆的美女蛇，这也是招他宠爱的地方。

"去把波斯进贡的好酒拿来！"这是从前武太后赏赐给他的，在往日叱咤风云的日子里，他尚且无酒不欢，如今更是天天醉生梦死，特别是在这忧心忡忡的长夜里，好酒和美人是他最佳的麻醉剂。

这意思淳于芳是懂的，她扭动着细腰端上一个金光闪闪的酒壶，轻舒皓腕将琥珀色的酒液，分别注入几个金杯之中。

"都过来都过来，一起喝啊！"饮下美酒的董一夫亢奋地狂叫道。

三个妙龄美人翩然而入，她们一直在门外候着等他使唤，能与主子共饮，是鲜有的好事，可也意味着会有粗暴的虐打。这些时日，历经心灵煎熬的主子几乎失常了。然而，这比让淳于芳占尽恩宠，而她们独守空房要好多了。

波斯美酒入口甘甜，后劲却比自酿的米酒强上百倍。董一夫借着酒意，

忽地抓过其中一女的长发,向后扯去,接着俯身,掐住她的粉颈,双眼射出怨毒的寒光:"说!武太后何时才会传召本相?"

"明、明天……"她哆哆嗦嗦地吐出几个字。

"哼!"他一把将她推倒在地,又咽下一盅酒,用衣袖擦擦嘴角的酒渍,往另一女子丰满的臀部踢了几下,"你说,张光辅敢不敢动我?"

"妾身不知。"

砰!董一夫一拳在她俏丽的脸上,打出几朵血花。

几个女人都吓坏了,她们急不可待地捧起酒壶,猛地将那本该细品的美酒灌入口中,急于一醉,来躲避虐打。

"有谁吃了豹子胆,敢动我们的主子?"在一边卖弄风情的淳于芳开口了,她喜见情敌们挨打,又想讨主子欢心,便指着酒壶道,"武太后既然肯赏赐如此好酒,可见对主子恩宠甚深,相信很快就会召您回朝。"

"真的?"董一夫肥胖的身子晃到她身边。

"当然!主子可是天上的星宿下凡。"她一脸媚笑。

"嘿嘿!"董一夫抓着喝过一口的酒壶,举到淳于芳嘴边,"美人儿,除了武太后,你也算个了不起的女人!来,喝!"

酒意渐浓,除了寻欢作乐,董一夫什么都想不起来了。

到了丑时,董一夫家的大门被砰砰拍响了。看门的阿勇和阿猛对视一眼,阿勇抢先问道:"是谁?"

"奉张大人手谕,搜查乱党。"

"开门,开门!"

几个粗豪的声音响起。

两个看门人顿时警觉起来,同时抓住佩刀。阿勇朝门缝外张望,一眼看到身着官服的头领。还未等他细看,两扇厚重的实木大门发出咣咣巨响,随即倒在地上,几十个手持钢刀的官兵一拥而入,冲进董宅。阿勇和阿猛还未醒过神来,已被人踢掉武器,打倒在地。官兵们点起火把,挥动钢刀,大声叫嚷,抓住仆人、婢女为他们引路,以搜查乱党为名搜掠财物。

一盏茶工夫不到,董一夫和他的爱姬们就被抓到了花园的草地上。适才听到喊杀声,醉醺醺的董一夫已来不及逃跑,只得向带头冲进他卧房的官军磕头求饶,谁料来人浑不理会,飞起一脚踢在他下颌处,顿时唇裂齿碎,脸颊青肿起来。他翻滚哀号时,围观的官军捧腹大笑。

董一夫此时衣不蔽体,披头散发,满脸血痕,被迫跪伏在草地上。

"董一夫,你可知罪?"领头的官军小队长刘从胥说,"张大人奉旨来豫州平乱,你竟然闭门不出,不去拜见我家大人,该当何罪?我看,你定是窝藏乱党,图谋不轨,是不是?"

"胡说!我要见张大人!我要见武太后!"董一夫一听事关重大,不顾一切地爬起来,大声抗议。马上有人跳出来,冲他后腰踹了一脚,逼他跪下……

"住嘴!"刘从胥瞪着董一夫,"如今你一介布衣,哪有资格面见张大人?武太后更是早把你忘了。识相的,乖乖交出乱党,饶你不死!"他明知董一夫无辜,还是存心讹他,想借此多捞些油水。

"且慢!"一个黑衣人从几十丈远的小楼——董小姐闺房方向脚不点地奔来。此人生得壮实,脸骨粗大,眼若铜铃,闪着邪魅的光。

"什么人?"刘从胥怒喝道。

黑衣人掏出令牌,傲然挥了挥,似乎他才是官军首领:"董大人,你女儿在哪里?"

瑟瑟发抖的董一夫勉力抬头,吐出几个字:"她被送去未来夫婿家了。"

黑衣人一把捏住董一夫的左肩,狞笑道:"你刚被革职,你未来亲家就退了婚,她哪来的未婚夫?怎么,还不说实话?"

"快说!快说!"刘从胥跟着逼问道。他见那人的令牌像是宫里的,不能肯定,却也不敢质疑。

董一夫哆嗦着血糊糊的嘴唇,哀号道:"她真在夫家。被退婚后,我又把她许给了长安崔家。"

"嘿嘿,崔家可是从前世袭的贵族,会看得起她这落难小姐?"黑衣人好似熟知内情。

"小女绝色倾城,名动京师,不难找到好婆家。"

黑衣人冷哼一声,捏住董一夫左肩的五指发力,只听嘎啦声响,接着是董一夫惊心动魄的惨叫。

"董大人,你的管家带我们去过小姐闺房,床褥还是暖的。想骗我,你还缺点道行。"

另一路人进了董宅,他们身手矫捷,越墙而入。这二三十号人均黑衣蒙面,一进董宅,便到处劫掠。他们个个身手不凡,将先来的官军打得七零八落。府内乱作一团。马厩和厨房起火了,火势蔓延,很快烧到了主楼,有人携着打包好的金银细软从卧房的窗口跳下,有人牵着抢来的马匹接应。附楼那边传来婢女惨烈的哭叫声,也许被火灼伤了,也许正遭受侮辱。

董一夫蜷缩在草地上呻吟着,四个爱姬跪在他身边,哭得梨花带雨,感觉大祸临头。

董一夫这辈子几经起落,自忖今日在劫难逃,可唯一的掌上明珠不能被他牵连,她太年轻、太可爱了。他庆幸先祖的深谋远虑,董家家训,世代都得在床下设置藏身的暗格,以防不测。今晚,这逃生暗格终于用上了,女儿阿怜一定是听到外面的哄闹声,就触动机关躲进暗格。他暗自祷告,恳请上苍保女儿周全。

黑衣人再次狞笑起来,董一夫不知他又想出了什么新花招。黑衣人转向几个姬妾:"你们说,董小姐在哪儿?"

姬妾们抽泣着,茫然看着他。

"别装呆!快说!"黑衣人不耐烦了,唰地抽出佩剑。

"嘿!别太过分!"刘从胥阻拦道,他只是奉命来要些好处,上头可没叫他杀人。董一夫毕竟是前任宰相,闹出人命就不好了。

几个黑衣随从闻言立刻仗剑上前,同时叱道:"大胆!退下!"

刘从胥晓得这些人都是高手,自己手下虽多,真动起手来却讨不了好。况且对方手持令牌,不知底细,怎敢跟他们硬碰? 他识相地带着官兵往董宅后院去了。

"你们几个,谁最得宠?"黑衣人问。

姬妾们一起望向淳于芳,她正眼泪汪汪地擦拭董一夫下巴上的血迹。黑衣人眼睛一亮,挥挥手让其他女人让开。他把长剑丢到淳于芳脚下,笑嘻嘻地说:"给你两个选择,要么告诉我董小姐的下落,要么就把你主子杀了。"

淳于芳看一眼寒光凛凛的长剑,尖叫道:"小姐在闺房里。"

"很好。"黑衣人捡起长剑,架上董一夫的颈项,厉声说,"你女儿到底在哪儿? 再不说,要你的命!"

董一夫抖得厉害,却一声不吭。黑衣人发力,剑刃划开皮肉,接着是一声凄厉的叫喊。

"大人,你就说了吧。"淳于芳双泪长流,扑倒在董一夫血迹斑斑的身上。

"糟了,大火烧过来了。"

黑衣人定睛一看,暗叫糟糕,董小姐的闺房火光冲天。她是他们此行的最大目标。他估摸着,董小姐定是躲进了房里的密室,可火势这么大,岂非要将她烧死? 这个结果,可不是他的主人喜闻乐见的。

"董大人,你再不说出来,令千金就葬身火海了。"

董一夫奄奄一息地低语道:"烧死也比落入敌手强上百倍。阿怜,你可千万藏好了。"

黑衣人见董一夫如此硬气,嘿嘿冷笑,倏地一剑,穿透了他的胸膛。

"这女人我要了。剩下的,你们看着办。"黑衣人一把搂过淳于芳,而淳于芳也趁势躲进新主人的怀抱避祸。黑衣人带着淳于芳一走,守在周遭的黑衣人便举起屠刀,如狼似虎地扑向了三个美艳动人的少妇……

烟气飘进暗格,刚刚年满十六岁的董星怜使劲蜷缩起来。

今夜的暴乱，事发突然。听到无数沉重的脚步声向她闺房跑来时，被惊醒的阿怜下意识地摸到了床角的机关，使劲一按，床板立刻弹起，露出衬着锦被的暗格，她躺进去，床板自动关闭。里头黑漆漆的，却不憋气，通过透气孔，她可听到房里的动静。

先前的皇族叛乱和之后的搜捕行动，阿怜都略有耳闻，可她并不认为会跟自己扯上关系。惊慌失措的她一边猜测着此刻这场祸事的因由，一边祈祷它快些过去。

阿怜生母早逝，由奶娘照看长大。公事繁忙又好女色的父亲对她倒是慈爱有加，不但让她从小跟董家子侄一起读书习字，还请来宫中女官教过她几天骑射。父亲被罢官后，并未去投靠自家子侄，想是怕连累他们，带着被退婚的她，回到豫州老宅居住。她眼中的父亲博学多才、和蔼可亲。她自然知道父亲姬妾成群，可亲族里的男人哪个不是如此？她不懂是什么人要跟父亲过不去。最大的可能性，是官军来搜捕乱党。可对朝廷忠心耿耿的父亲怎会跟叛党有关联呢？

烟气从透气孔飘入暗格，越来越浓，阿怜捂住嘴不停咳嗽，险些憋昏过去。她知道再等下去，唯有死路一条，暗忖来的若是官军，可能不会对付她这样的纤纤弱女，还是先逃生要紧。

一念至此，阿怜急急推动暗格里的机关，床板弹起，她挥手驱赶着浓烟，光着脚跳下床来。

"哎哟，美人儿！"阿怜没有料到，烟火缭绕的闺房里，居然还有两个官军在翻箱倒柜。她的衣箱和首饰盒歪歪斜斜大开口躺了一地。而他俩满头满颈披挂着珠宝首饰，绫罗绸缎抱了满怀，可一见仅着亵衣的她，马上踢开箱笼逼近前来。

"宰相家的大小姐果然不同凡响。"一个官军淫邪地笑道，"咱哥俩先乐乐。"

"大人会不会跟咱们秋后算账？"另一人有些犹豫。

"乐完往火里一扔,保管了无痕迹。"

阿怜一听,吓得魂飞魄散,待要躲进暗格已然不及,两个官军飞身扑了过来。危急时刻,只听一声怒吼:"停手! 快给我滚,否则要你们好看!"

正扑向她的身影不动了,两个起了歹念的官军转身,见几个黑衣人在门口一字排开,各自手持一把弓弩,黑魆魆的箭头瞄准了他俩。图谋不轨的官军只得悻悻地走了。阿怜趁机抓起地上衣裙,胡乱套上。几双邪恶的眼睛,在黑色面具遮掩下,直勾勾盯着她,看得她胆战心惊,心如死灰。此时,一个佩剑的黑衣人从他们身后冒出来,朗声说:"你去收拾点要紧的东西,跟我们走。"

阿怜呆望着他,不懂他是何意。

黑衣人掏出令牌:"我奉武太后之命来救人。"

她醒过神来,暗暗感激上苍垂怜,救她逃出生天。她哪还定得下神来收拾东西? 胡乱扎了个小包裹,在几个黑衣人的保护下,逃出了烈焰环绕的小姐楼。

他们带着这美丽的孤女一路退到偏院,扶着她的手臂越过墙头,在通往城外密林的小路上,一辆牢笼般的马车等候多时了。被催着上车时,阿怜本能地停下来,质问道:"我们去哪儿?"

"到那就知道了。"黑衣人轻声说。

"我要见爹爹,"阿怜扭头望向烈焰滚滚的大宅,含泪说,"爹爹还没救出来呢。"

"董大人已被官军杀死。我们来晚了。"黑衣人低声说,"张光辅污蔑你父亲勾结乱党。"

"不!"阿怜哀叫一声,"我要回去弄个清楚。"

黑衣人正色道:"见了武太后,一切就清楚了。"

武太后? 令牌? 她总觉得哪里不对劲,脑海中电光火石般一闪——是那令牌,不对劲! 一醒悟过来,她猛地蹬住车辙,不肯上去,一边放声大喊:"快

来人哪！抓叛党！"可大宅那边人嚷马嘶，谁人能听到呢？

黑衣人不耐烦地挥挥手，示意手下押阿怜上车。阿怜怎能猜到，这黑衣人不是叛党，而是贵族薛氏的家将薛祁山。

马蹄嘚嘚，囚禁着阿怜的马车疾速向黑暗飞驰而去。薛祁山则步履轻快地步入树林，那里有他的坐骑，风情万种的淳于芳被缚在马背上，静静地等待他。

烈焰一寸寸吞噬着董宅。薛祁山没兴趣看这出悲剧的结尾。他一上马就把妖娆的淳于芳搂个满怀，同时一声呼哨，带着手下和劫掠来的新宠奔向他的巢穴。

董一夫的遗体不在花园，跟其他尸首一起，被挪到了客厅，一字排开。捕快们站在周围交头接耳，多数人脸上没有愤慨只有几丝兴奋。

狄仁杰反感他们随意破坏犯罪现场，闷哼了一声，叫许方亮带路，步入客厅。一股浓烈的腥味令人掩鼻。狄仁杰的几个随从忍不住呕吐起来。捕快们投来轻蔑的目光。

狄仁杰挥手让无关人等退出去，径自走上前，望着董一夫伤痕累累的遗体，不置一词。这是李唐皇族叛乱以来，他亲眼所见的，不明不白死去的，第一个"拥武派"大臣。他克制着心头涌起的怒火，问："其他几个死者是什么身份？"

"这几个衣不蔽体的美妇人，是董大人的爱姬。"许方亮指着边上三具女尸，暧昧地说，"剩下的是仆婢，都被乱党杀了。"

"你怎知是乱党所为？"狄仁杰很不喜欢他妄下断言，皱眉道，"董家上下全都在此？"

"那倒不是。"许方亮搔搔头，有点尴尬，"董大人的爱女星怜和一个宠姬淳于芳失踪了。嗯，昨晚有人看到，是乱党绑走了她们。"

"噢？目击者是谁？"

"是、是住在附近的百姓。"

"哼!"狄仁杰目光灼灼盯住捕头,压低声音道,"这四周不是密林就是官道,哪有百姓居住?你若是不说实话,本官……"

许方亮眼里闪过一丝惊慌,忙道:"我说,我说,只求大人开恩,千万莫说出去是小的透露的,否则小的人头不保。"他略一沉吟,用极其细微的声音说,"昨晚张光辅大人的手下刘从胥,来此打秋风,不想遇上行凶的那伙人。"

"是些什么人?"

"他们黑巾蒙面,十分神秘,个个武艺高强。刘从胥眼见他们行凶,却阻拦不住啊。"

狄仁杰低头不语,暗想那官军贪生怕死,怎肯舍命相拼?

"刘从胥说,对方拷打董大人,要他说出小姐的下落,董大人宁死不屈,就遭了毒手。后来不知怎的着了火,那伙人就溜了。"

"那董小姐是如何失踪的?"

"刘从胥说,他手下偷见,黑衣人掳走了董大人的一个爱姬。至于董小姐,他们真是没见着。至于董小姐怎么就不见了,就更不清楚了。"许方亮见狄仁杰满面乌云,连连作揖道,"小的不敢欺瞒大人。小的跟刘从胥交好,这些是刘从胥私下告诉小的。大人千万不可对人言,万一被张大人知道,小的人头不保啊。"

狄仁杰又追问了几句,见再问不出什么,只得略一点头,算应承了。

几个时辰后,狄仁杰等人返回豫州城,他特意带着捕头许方亮同行,希望这狡黠的地头蛇能再想起些什么有用的线索。

狄仁杰心情沉重地在宽敞的主街道策马走着,对周遭的宅舍视而不见,思虑万千之际,许方亮呼哨一声,意思是请他随他们避往一旁。狄仁杰清醒了少许,向街面望去,只见行人车马纷纷靠边避让,让一行三百人左右的乘骑官军经过。

许方亮嘀咕一句:"不知哪个富户要遭殃了。"

狄仁杰勒停坐骑,望着捕头说:"此话怎讲?"

"出动这么多人,肯定是去找富贵人家的晦气。"许方亮苦笑道,"小的是本地人士,豫州哪家豪门大户我不认识? 他们可都是安分守己的良民啊,硬生生让张大人污成叛党,全家杀头,家产充公,造孽啊。"

"岂有此理。如果他们确实是无辜的,本官会为他们主持公道。"

许方亮斜眼看着狄仁杰的脸色,小心翼翼道:"牢里关的,十有八九都是无辜百姓。大人肯为他们申冤,小的代他们感激不尽。可那张光辅大人,手握重兵,就驻扎在城内,谁敢与他作对?"

大家听他一席话,不禁将目光投向街面。街上的官军行进速度不快,将道路堵塞得水泄不通,眼看一时无法通过。狄仁杰等下马避入街边一家空置的民居。他眼望那群横行霸道的官军,坚决地说:"明天我就下令,叫张光辅的军队撤到郊外扎营。再贴出安民告示,让百姓重操旧业,不受官军骚扰。"

裴行笕插口道:"恐怕张光辅不会遵命。"

"若敢违令,严惩不贷!"狄仁杰恨恨地说,"待会儿我们就去大牢,看看究竟怎么回事。"

一直打量着狄仁杰的许方亮眉头一挑,突然发问:"大人真愿为百姓做主?"

"那当然!"裴行笕傲然道,"难道你没听过狄大人疾恶如仇、毫不徇私的名头? 他办起案来,连皇亲国戚也惧他三分。"

狄仁杰敏感地扫了许方亮一眼,见他双目赤红,神情有异,似乎知道什么隐情,不由得发问:"有什么线索,你但说无妨。"

许方亮沉吟片刻,终于咬牙说道:"大人如何看待董小姐失踪一事?"

狄仁杰缓缓道:"当日作案有两拨人。官军在先,黑衣人在后。官军志在谋财,没想害命。黑衣人武艺高强,若志在财物,大可杀尽官军,把财物强抢过来。可他们没有这么做,只是拷打董一夫逼问董小姐下落,显然是有预谋地抢人。董小姐十有八九落入了黑衣人手中,否则,他们不会那么轻易撤退。"他摸摸下巴,沉吟片刻,又道,"既是蒙面作案,就不怕被指认,却还是将董家灭门,显然是不希望董大人活着追查小姐下落。黑衣人也劫财,可我推断,那只是顺手牵羊,他们的主要目标还是董小姐。可是,他们为什么要绑走董小姐呢?"

许方亮听得瞠目结舌,即刻翻身下马,磕了个响头,道:"大人高论,属下佩服。属下不及大人睿智,却也想到董小姐才是目标。"他吞了口唾沫,低声道,"大人可知,大牢里不断有少女失踪。"

"什么?"狄仁杰和裴行俭对视一眼,俱是一惊。

"这是千真万确的事,小人不敢妄言。"许方亮继续道,"自打张光辅大人带军进驻豫州,他手下的军爷们就日日挨家挨户搜查乱党。唉,说是搜捕,其实是借机勒索。可平头百姓哪有钱孝敬军爷?于是乎全家老小都被抓进大牢,就这样,囚犯一日多于一日,大牢里待不下了,便关在驻军后面的帐篷里。小的有一远亲,本是乡村农人,带个年方二八的女儿生活,亦被诬为乱党,一起被抓。前些日子,小的偷偷去看他,他告诉小的,说女儿阿燕失踪了。小的万分惊诧,却不敢声张,只得暗暗帮他寻访。这一寻访,却给小的发现,牢里七八十个少女不见了,且多颇有姿色。这次董小姐失踪,说不定就跟此事有关。"

裴行俭疑道:"难道狱卒从未发现异常?"

许方亮道:"犯人太多,又是所谓乱党,狱卒也不甚在意。"

裴行俭冷笑:"即便发现什么,谅他们也不敢声张,就像你一样。"

许方亮垂下了头:"在大牢里,人命不如草芥呢。"

狄仁杰不去理会他,想了会儿,问裴行俭:"依你看,是什么人干的?"

"我看,是拐卖少女的帮会干的。"

狄仁杰摇了摇头:"寻常帮会中人哪有那么好的身手?亦没法从大牢里绑人。此事不简单哪。"

"大人此言甚是。"许方亮见狄仁杰一语中的,连忙凑近,密语道,"听刘从

胥说,黑衣人手持宫中令牌——"

狄仁杰一凛:"当真?"

"刘从胥是这么说的。但他私下告诉小的,黑夜里看不真切,况且他职务低微,只在公文上见过令牌的图样,实在难辨真假。"许方亮说。

狄仁杰陷入沉思,自打武太后加紧称帝的步伐,武氏和李氏两家的斗争进入了白热化阶段,以致疑案频出,多少无辜者卷入其中。那块神秘的令牌,预示着董家惨案背后的种种。可董一夫虽是"拥武派",却卸任已久。难道有人怕他复起,所以赶尽杀绝?但从现场环境来看,似乎并非如此。那么,董小姐的失踪,无关宫廷斗争?不对,直觉告诉他,两者之间必有某种千丝万缕的联系。可是,他又能为她做些什么呢?

狄仁杰和裴行觅搭档破案已有多年,栽在他们手中的罪犯不计其数,里头不乏皇亲国戚。跟罪犯打交道,是危险的工作,跟处心积虑的皇亲国戚交手,更是艰险无比,然而,他时时刻刻想着自己是个执法者,想起那些无辜受难者等着他去申冤去解救,便一次又一次地振作起来。

狄仁杰正当盛年,还未婚配,也未定过亲。他的搭档裴行觅在这方面的经验倒是很丰富,可他却向狄仁杰直言,心里最记挂的,永远是温柔美丽的新婚妻子小玉。因此,他刚在豫州安顿好,便已遣人去接小玉来团聚。问世间情为何物?只怕比眼下的疑案还要难断。

狄仁杰和裴行觅一言不发地盯着外面不断拥过的官军,这些人中间,有没有董家惨案的知情者呢?

第2章
神秘道姑

远近闻名的织云观坐落在豫州城郊山巅之上，被树林环抱。观里古木参天、松柏森森、秀竹郁郁、芳草青青。织云观前后有六进院落，东西两边都有偏院。前面两进是拜祖师进香处，中间两进为厢房，住持玄机道姑占着最后两进。道观西侧的灌木后头，是杂役和仆婢住的平房。道观北侧，是马厩、猪圈和柴房。道观原本只有两进，那些新房舍，都是玄机道姑升任住持后加盖的。里头设计得曲里拐弯，没有熟人带路，一般人进去很难摸清门道。

　　一个面容俊秀、身材颀长的黑衣男子在织云观北边的隐秘小门上轻叩三下，停顿，又叩两下，小门顿时开了，他悄无声息地滑进去。穿着灰色长袍的小道姑急忙为他牵马，并且媚笑着朝里头一指："公子爷，玄机道姑在房里等您呢。"

　　黑衣男子不理她的笑容，径自朝里头去了。他熟门熟路，倏忽间便步入玄机道姑的卧房。

　　正在卸妆的玄机道姑见他进来，马上起身，挽住他的右臂："薛公子，哪阵风把你吹来了？"说着，饱满的双唇在来人右颊上嘬了一口。这薛公子的面颊比女子还白上几分，一双细长的俊目顾盼生辉，闪着不凡的气度，看得玄机道姑心荡神摇，眉开眼笑道："薛公子总算记起我这残花败柳。我可天天盼着你来呢。"

　　"呵呵，仙姑风华绝代，何须妄自菲薄？"薛子仪拍拍她的手背，随手脱下黑衣，露出里头一身锦绣。

　　玄机道姑的卧房虽名之为房，但比寻常人家的客厅还要宽敞得多，最惹眼的是床榻，占卧房三分之一，十来个女子躺上去仍有富余空间。床榻本身就像个房间，四角各有一根镂空的圆木柱，雕花木格子一直连接到屋顶，床榻四周悬着层层叠叠的帷帐。想到这美貌的仙姑夜夜都躺在这个铺满锦被、放满香枕的温柔乡等他时，薛子仪的身体便灼热起来。

在织云观里，像这样的卧房还有七八个，只是卧榻略小些，房里还有铜镜台、衣柜和衣架，地上铺着柔软的地席，墙角的小几上放着铜香炉，时常燃着醉人的香料。每天的房费为一两银子。若是男客，还有年轻貌美的道姑相陪，房费自然加倍。对织云观的住持玄机道姑和她的密友薛子仪而言，哪间房都比不上她住的这个浪漫香艳的小天地。斗了会儿嘴，情浓如火的薛子仪和玄机道姑不禁搂作一团，双双倒向软绵绵的卧榻。

薛子仪的父亲是城阳公主的驸马薛瓘。城阳公主是唐高宗李治的同母妹妹，她对驸马薛瓘一往情深。可薛瓘却喜欢自己的贴身侍婢，还跟她偷偷生下了薛子仪。薛子仪虽是私生子，可薛瓘却很珍爱他，不但聘请名师教导他，还赠予宅院等财物，让他和他那并无多少教养的母亲安享荣华。可惜薛子仪毕竟是私生子，虽文武双全，却无法像哥哥们那样受皇家眷顾入仕为官。后来，薛瓘因城阳公主巫蛊一事，被贬为房州刺史，无法再照顾他。而薛子仪却马上变卖了部分家产，做起了倒卖奴婢的生意，很快便发达起来。几年前，唐高宗驾崩，武太后逐渐掌控朝政，武氏和李氏皇族的宫廷斗争逐步升级。李家联络薛家，密谋扳倒武太后。于情于理，薛家自是站在李唐皇族这边，因此，薛子仪的父亲和哥哥们找上薛子仪商议大事。可狡黠的薛子仪不愿当出头椽子，只肯暗中出力。他在弄来的少女中，选出一批，教她们速记、偷听、窃取情报，略具姿色的还教授歌舞和魅术，然后卖给李氏皇族，数不清的黄金珠宝源源不断流入薛子仪的囊中。他知道李家会把少女们安插到达官贵人府中做探子，可她们接下来的命运，他从不去想。不久前，李唐皇族叛乱，牵涉甚广，薛子仪的三个哥哥都被武太后处死，却至死没有供出他来。此事对他震动极大，他庆幸自己的先见之明，亦第一次深感兔死狐悲，对未来也有了新的盘算……

良久后，床榻上的两人分了开来，四目交投，一起剧烈喘息着。

玄机道姑呢喃着："公子，再抱抱我。"

薛子仪微笑着搂住她裸露的香肩道："抱你一辈子都不够呢。"

玄机道姑挑了挑眉毛，倚在他怀里："又有何事求我，尽管说吧。否则你才不会这么卖力呢。"

"嘿！"薛子仪被说中了心思，倒不尴尬，"仙姑，我也不瞒你。刚接到飞鸽传书，我的家将薛祁山绑了那个国色天香的大小姐，董一夫的女儿。"

"真的？"玄机道姑一下子拥被坐起，"就是在武太后寿宴上献舞的那个董小姐？武太后本打算指给太子做侧妃的董小姐？嘿嘿，我看是你对她感兴趣，才叫薛祁山绑来的吧？你推得倒是干净。"

"我有仙姑就够了，哪还会招惹其他女人？"薛子仪捏住她精巧的下巴，在她唇上亲了一下，"今晚，张光辅的手下去董家抢劫，倒是方便了我们做事哪。"

"你打算怎么处置她？"她醋意十足地问，"留在我这里训练？"

"不，藏儿天就赶紧出手。其他的，你照旧训练。"

薛子仪并非作伪，对董小姐这种贞洁闺秀他兴趣不大，反倒是金银珠宝对他更具诱惑力。李氏皇族的家将李文彪曾托他买一个天香国色的小家碧玉，还承诺给他个好价钱。李文彪知道薛子仪在这个行当是个路路通，弄个绝色少女易如反掌。对李文彪，薛子谦不敢忤逆，他清楚支持李文彪的是财雄势大的李氏皇族余党。别看武家眼下得势，日后鹿死谁手还是未知数呢。

"听着，你把她藏好，还得护她周全，绝不能泄露半点风声。"他的神情严肃起来。

"瞧你，紧张成这样。我又不是第一次为你办事。"玄机道姑嗲声说，"可我有个条件。"

"但说不妨，仙姑。"薛子仪正色道，"但不要太过分。"

她轻笑了一声，说："放心吧，公子，你的时鲜货我一根头发都不会动。我只要你陪我七天,如何?"

"两天,不能再多了。"

"唉,两天就两天吧。公子爷,看来,你还是放不下家里的娇妻美妾。"玄机道姑趴在他腿上不无醋意地说。

"你也一样放不下厢房里的其他恩客啊。"

玄机道姑闻言玉容失色,瞥见他一脸坏笑,才放下心来,娇笑着纵体入怀。

玄机道姑出家前,是豫州录事参军的小妾,因貌美而得专宠,为正妻所不容。夫君只好给了她一笔钱,又将她送往城郊织云观出家,便不再理她。对夫君一往情深的玄机道姑伤心欲绝,直到无意中遇到陪妻妾来进香的薛子仪,芳心有托,才慢慢振作起来。她本打算还俗,嫁给薛子仪做妾。谁料,薛子仪外表文质彬彬,却满腹男盗女娼的主意。他先使钱帮她夺了住持之位,接着为她提供美貌少女,充作道姑,招徕男香客,还教她将留宿女客的厢房改为舒适的客房,提高房费,供富贵的恩客拥美而卧。如此一来,织云观香火日隆、日进斗金,却也从道门净地,逐渐沦为窃玉偷香的风月之所。"青楼里那些庸脂俗粉,怎比得上出尘脱俗的道姑矜贵?"薛子仪自然深谙此道。时日一久,玄机道姑看透了薛子仪,也断了从良的念头。心如死灰的她逐渐走上自我放纵的浪荡之途。

他俩正颠鸾倒凤,门被敲响了。

"是谁?"她大为不快,拉开床头的布幔,"小蹄子越来越没规矩,说过今晚不见客。"

"仙姑切勿动怒,一定是薛祁山到了,这莽汉做什么都心急。"薛子仪披上长袍,光脚走到门口,问了几句就说,"把她押到密室,就说是住持的命令。"

蒙着双眼的黑布被扯掉了,阿怜揉揉模糊的双眼,四下打量。周围都是石壁,没有窗子。屋里只有一个宽大的藤榻,一个石桌,几个石凳。完全看不

出身在何处，她的心揪了起来。

一个道姑模样的少女给阿怜端来一杯清茶，示意她在石凳坐下。阿怜又渴又累，却一动不动。过了一炷香工夫，石室打开一条缝隙，一个梳着高髻、披着玄色袍子的清丽道姑进来了。

"董小姐受惊了，请坐请坐！"玄机道姑笑吟吟地拉住阿怜的手，"你可以叫我玄机道姑。"

阿怜甩开她的手，杏眼圆睁，厉声说："你既是道门子弟，为何要为虎作伥，干这种烧杀掳人的勾当？"

玄机道姑脸色微变。若不是薛公子说过，要好好待她，颐指气使惯了的玄机道姑早就给她一个耳光了。此时，她只得忍气道："姑娘何出此言？我只知道受人之托，忠人之事。你乖乖待在这里，吃好喝好，别饿憔悴了。这里不比家里，最好别耍大小姐脾气，否则别怪我不客气。"

阿怜沉默下来，注视着玄机道姑，沉着的目光与她的年龄不大相称。阿怜乌发如云，樱唇饱满，白皙的鹅蛋脸闪着圣洁的光芒，可细长的黑眉间却透出锋芒，像是从画中走出来的。

玄机道姑向来自负美貌，此刻自觉颇有不如，不由得撇撇嘴，转身欲走。可阿怜突然拦住她。玄机道姑正想唤打手进来，怒目而视的阿怜突然微微一笑："道姑别怕，落入豺狼之手的羔羊又能把你怎样呢？且听我一言。"

玄机道姑略一沉吟，疾步走到墙角，掏出汗巾，堵住用来偷听的铜管口，然后冲她使了个眼色，示意她快说。玄机道姑知道，薛子仪的人听不到里头的动静，过不了多久就会冲进来。

阿怜凑近她，低声道："小妹突遭大难，六神无主，还请仙姑救我。只要你把我的下落告诉我的哥哥们，他们定会重重谢你。"

玄机道姑有点动心，可她自己亦在毂中，又怎敢造次呢？况且，薛子仪还是她在这世上唯一可以依靠的男子。她一言不发，眼神却似在说逃出生天谈何容易。

阿怜见她不语，一咬樱唇，从亵衣里扯出一个挂坠，那挂坠晶莹剔透，碧绿如猫眼，一看便知是稀世珍宝。见玄机道姑目光闪烁，显然动了贪念，阿怜赶紧说："你给歹人做事，无非为财。若你肯帮我，这东西就是你的了。只要你找到我哥哥，他们会给你更多的好处。"

玄机道姑抓过那挂坠的时候，手都颤抖起来，她极力平静地说："妹妹，我会尽力而为的。不过，也不能保证成功。"

阿怜抓住她的手猛摇几下，指甲几乎掐进她肉里去。此时玄机道姑突然听到铜管里传出异响，连忙取回汗巾，匆匆离开了。

当玄机道姑踅回卧室，见薛子仪沉着脸坐在榻上，冷冷地盯着她问："你跟她聊什么那么投机？"

玄机道姑谄媚一笑，摊开手掌说："她给我这个，要我找她哥哥救她。"

"你应承了？"他阴冷地问。

"易求无价宝，难得有情郎。我又怎会为了这点东西，背叛你呢？"玄机道姑随手将挂坠扔在锦被上，顺势扑进他怀中。

薛子仪被感动了，把她丰满的身体牢牢抱住。玄机趁机将挂坠死死抓在手心，适才吓得苍白的脸颊才泛出了红晕。

李文彪在四个侍卫前后护持下，鱼贯走进一道院门。两个娇俏的小道姑媚笑着迎上去。李文彪嘿嘿一笑，示意手下跟一女去喝茶歇息，自己则跟着另一个道姑向里走去。又过了一个天井，只见两边的围墙都加高了三尺，隔出一个狭长的偏院，有座精巧的假山对着院门。小道姑一按机关，露出洞口，李文彪刚走进去，假山自动移位，堵住了洞口。他顺着石级向下走，穿过一道的石门，步入正厅，眼前豁然开阔起来。

厅里烛光柔和，乐声动听。一群身披薄纱的美少女正轻歌曼舞。薛子仪斜卧在藤榻上，拥着玄机道姑，正喝酒取乐，见到李文彪，仍是调笑无忌。倒是换上了长衫布鞋的薛祁山，带着几个高大的道姑，人模狗样地指挥着一众

美女,向李文彪行礼请安。

玄机道姑扫了李文彪一眼,道:"这人长得还不赖,就是那双贼眼总骨碌碌打转,一看就不安好心。"

"他本就是个大恶人。仙姑眼力不错。"薛子仪借着乐声的掩护,低声道,"他从前是武家子侄的家将。不知怎的,把主公的爱妾骗到了手,哄她偷了夫君的钱财,跟他私奔。私奔路上,他居然把那小妾扼死,拿了她的钱财,逃到了申州刺史李素节家中,当了家将,还改姓了李。没等他在主人家继续作恶,李素节与长子李英等被武太后一锅端了。他护着幼主李钦古逃跑,倒成了李家的有功之臣。现下,他帮李家做事,帮着他们从我这里买美女。如今李家与武家明争暗斗,他居然趁机干起了不花钱的买卖——指使手下到处诱拐良家妇女,然后卖入烟花。害得多少人家妻离子散啊。"

"那你为何还要为他扯皮条?"她白了他一眼。

"为了钱啊,我的仙姑。他手下抢来的人,怎及我精挑细选买来的姑娘俊秀? 他想要完成主子的任务,买到有用的好货色,只能找我。"薛子仪不在乎玄机道姑的白眼,微笑道,"我明买明卖,两相情愿,比李文彪强多啦。当然,董星怜这单例外,那是薛祁山的意外收获。嘿嘿!"

见人高马大的李文彪快步向藤榻这边走来,薛子仪不情愿地放下酒杯,"仙姑,你帮我跟他讨价还价,如何?"

"我还是失陪了。"玄机道姑冷笑道,"我虽是女子,也有些志气,就见不得这种摧残女子的凶徒。"

"哟,你为女子说话,少见啊。看来,仙姑也被当朝武太后的做派影响了。"薛子仪在她的俏脸上摸了一把,潇洒地去了。

李文彪来过几次,早已熟门熟路,见薛子仪走近,就跟了过去。美女们一见他们便纷纷背过脸去,垂着粉脸,弓着腰站着。阿怜混在她们中间,那少见的清丽容颜和脱俗气质,即刻吸引了李文彪饿狼似的眼神。可他故意磨磨蹭蹭,先选了四个别的姑娘,又跟薛子仪讨价还价半晌,以八百两银子成交,这才勉强抬起眼皮,打量了阿怜一眼,淡淡地说:"太瘦了。"

薛子仪也不多言,朝薛祁山使个眼色,薛祁山一手扳过阿怜的香肩,逼她转过身来,另一只手便要去扯她的腰带,说:"你来,你自己验货。"阿怜不肯,略略一挣扎,薛祁山反手就给了她一个耳光。这个耳光打得灵巧之极,阿怜的垂鬏并没有弄乱一点。

李文彪不由自主,伸手挡住他的手,吼道:"住手!打坏了这娇滴滴的小娘子,你赔给我?"薛子仪忍不住笑了:"李爷既然看得上眼,就别挑三拣四,定下算了。这可是大户人家的小姐,机会难得呀。"他刻意隐瞒了阿怜的真实身份,以免节外生枝。

李文彪不置可否,只是盯着阿怜看。

阿怜眼里闪着泪光,狠狠地剜了他一眼。

"嘿嘿,连发脾气都那么好看。"李文彪不由得神魂颠倒,情不自禁将一只粗短的大手伸向阿怜的俏脸。

阿怜被薛祁山摁住肩膀,动弹不得,情急之下,柳眉倒竖,张开樱桃小口,两排珠圆玉润的皓齿照准那只咸湿的糙手,狠狠咬下去。为美色神魂颠倒的李文彪哪能料到此招,龇牙咧嘴地惨叫一声,缩手已然不及。

一旁的薛祁山大惊失色,匆忙中又不敢再打她的脸,急中生智,腾出右手卡住阿怜的粉颈,才令她松口,而李文彪的手指已被咬出血来。

薛子仪见状,上前作势要打,李文彪急忙拦住,笑道:"要打我自己会打,你们不准动她。我就爱她这辣劲儿。这货我要了!"

善于察言观色的薛子仪不失时机地说:"原来你要了啊,李爷,终于松口啦?我也不宰你,一口价,两千两银子。"

李文彪惊异地望向薛子仪:"两千两银子?你莫不如去抢!"

薛子仪嘿嘿一笑,不紧不慢地说:"这可是我专门给你准备的好货色,若不是你早定下了,我可以把她卖到长安的青楼,得个三五千两银子,岂不是更划算?"

"得了吧你。"李文彪抱起胳膊,斜眼看他,"新任刺史狄仁杰已下令封城,还逼着张光辅的官军退出城外。不出两天,山下都是官兵把守,我倒要看看你怎么把这些鲜货运出去。"

"山人自有妙计。"薛子仪虽嘴硬,心里却咯噔一声,寻思他说得很有可能,连忙放缓口气道,"这货若没有这十分人才,我也不敢多要你的。这样吧,一千八百两银子,再加一百两银子给我那些个跑腿的兄弟,不能再少了。"

两人磋商,议定一千六百两银子身价。

薛祁山招手叫来几个心腹道姑,其中两个道姑熟练地用黑布蒙住姑娘们的眼睛,堵住嘴,再给她们戴上脚镣。接着,把卖出的姑娘挨个塞进透气的木箱,弄好后,木箱会由薛祁山负责,搬上推车,从一个石门推出去,交给李文彪的侍从。接着把挑剩下的女子们用铁链拴好,押回密室看管。

两个道姑扭住阿怜用力向木箱里按去,阿怜的奋力挣扎踢打声盖过了丝竹声。正交割银票的李文彪和薛子仪充耳不闻。

第3章

一探魔窟

狄仁杰坐在刺史府邸书房的红木案几前，案上堆着浩繁的卷帙。

从临街的木窗望下去，街面上的秩序似乎恢复了不少，卖米的、卖布的、打铁的——川流不息的贩夫走卒续上了往日的营生，大街小巷再不见横行霸道的官军。可狄仁杰心里明白，这井然有序的街景只是表象罢了。在他的强硬措施下，张光辅心不甘情不愿地带着官军，退到了城外扎营。满心怨恨的他再三找狄仁杰寻衅，要求狄仁杰负担军队所需物资，

狄仁杰却说："你张光辅大人在豫州大搞连坐政策，还纵容属下到处行凶，百姓安稳度日尚且困难，哪里还有余钱去养军队。再说，一切军需自有朝廷发放。"狄仁杰不但不给钱，还要求张光辅将狱中的无辜百姓释放。

为此，张光辅恨得咬牙切齿，派人到武太后面前告了狄仁杰的黑状。武太后很快派特使到了豫州，要求狄仁杰迅速将大牢里的五千叛党处死。狄仁杰当然拒不接受，他日夜研究案卷，发现这五千人冤情甚大，更何况，案中有案。人命关天，他一定要先保住这些人的性命。思来想去，狄仁杰先想法稳住了特使，再投武太后所好，用她所中意的告密的方式，修书一封，差遣家仆带着密函上京，悄悄交给她。

如此拖了好些天，武太后的懿旨终于下来了，同意狄仁杰重审这些死囚，允许改判死刑为流放，同时责成狄仁杰尽快破获董家一案，寻回董小姐以及那些失踪的女犯。可是，武太后对草菅人命的张光辅，却没有任何责罚。

狄仁杰清楚，在这皇族混战的时期，想扳倒为武太后办事的张光辅，暂时是不可能了。至于少女失踪案，武太后若不是看在惨死的董一夫分上，亦是不会过问的。狄仁杰很想惩奸除恶，为民申冤，可言眼下唯一能做的，就是赶

紧找到董星怜和那些苦命少女的下落。然而,案件的进展并不顺利。刺史府里,前任刺史李贞的亲随已被清理干净,剩下的小吏们也不合作,只顾明哲保身。侍卫们各怀心思,虎视眈眈,有的甚至与张光辅等人勾结在一起。然而,如此恶劣的工作环境,并未让狄仁杰惧怕,反而越发坚定了他破案之心。

狄仁杰虽出生官宦世家,早年明经及第,但因生性耿直,仕途并不顺利。当年担任汴州判佐时,刚正不阿的他被上司诬害,进了大牢,若是精神脆弱之人,或许就活不下去了。可他没有放弃自己,在狱中忍辱负重,一边苦读,一边等待翻身的机会。后来,河南黜陟使阎立本搭救了狄仁杰,并举荐他升职。在经历了这段备受煎熬的黑暗旅程之后,他在内心起誓,要惩奸除恶、为民请命,将为这个目标奋斗终生。这些年来,他在血雨腥风中一路走来,破获了大大小小案件无数。他的勇敢和谋略得到了武太后的赞赏,也令各色犯罪分子闻风丧胆。此刻,狄仁杰又面对新的考验,纵被卷入皇族斗争的旋涡,也无法改变他的初衷。他要为那些被侮辱、被损害的无辜女子讨回公道,尽管他与她们素未谋面。

门被叩了几下,裴行笕走进来,冲着狄仁杰的背影说:"大人,有了点线索。捕头许方亮的眼线报告说,这阵子外头乱哄哄的,烟花行当生意惨淡,没什么买卖可做。可城外山上的织云观,倒是挺热闹,像是入了'新货'。"

狄仁杰瞪了裴行笕一眼,很不喜欢他将女子当成货物的说法:"织云观?住持是玄机道姑吧?"

裴行笕马上意识到了,吐了吐舌头,道:"对,听闻那道姑很难缠。"他觑着狄仁杰目光柔和了一些,才道,"眼线说,只见有人运货上山,可看不到'新货'的,哦不,看不到那些女子的相貌,更不知董小姐是否在里头。"

狄仁杰像是想起什么:"前些日子来投拜帖,要见本府的,就有那玄机道姑吧?哼哼,本府才刚到任,她便紧赶慢赶要来拜访,多少乡绅大户都不及她警醒呢。好厉害!"

裴行笕一撇嘴:"依我看,一个道姑能有多大本事?我看是她的主子不

简单。"

"哦?"

"她的主子就是薛子仪!"

"洛阳荐头行业的大老板?难道他的手还伸到了豫州不成?"狄仁杰难以置信,又觉得不无可能。

"何止是豫州?他的买卖遍布洛阳周边的州府。"裴行俭捏紧拳头,低语道,"据最新线报,这个薛子仪,表面开着荐头店,暗地里使人做买卖奴婢的勾当,可他手下每一宗买卖,都经官府的质人见证,立好契约,都是合理合法的。谁也拿不到他的把柄。"

"隐约听闻,他是驸马薛瓘的亲族,不知真假。"

"依卑职看,这传闻八成是真的。"裴行俭凑近说,"听府里的下人说,从前李贞王爷,嗯,和王妃,也是织云观的座上宾。"

"又是织云观。"狄仁杰拿起案上的纸扇,打开摇了几下,沉吟道,"照理说,张光辅怎会不知此事?依他脾性,又怎会放过跟李贞有来往的玄机道姑?可他抓遍了豫州百姓,却偏偏没动那织云观,里头定有古怪。"他收了纸扇,拍着掌心,"一个不易对付的玄机道姑,再加上神秘的人贩子薛子仪,其中一定大有文章。"

"不如,我们夜探织云观。"裴行俭提议。

狄仁杰摆摆手:"不好。观里若有秘密,那必有机关,我们贸然潜入,会打草惊蛇。"

"那大人有何妙计。"

狄仁杰想了想,笑道:"想那织云观的人还未见过我俩。不若我们扮作书生,慕名前去游玩,先探它一探,如何?"

"好计!"裴行俭一拍手,随即又皱眉道,"可若是被瞧破行藏,就大大不美了。"

"见机行事吧。"狄仁杰拍拍他肩膀,"你先去准备,咱们先乔装一番,明日傍晚就去。"

"要不要带几个人?"

"不可,人多反而误事。此事不可泄露。"狄仁杰促狭一笑,"一来不易泄密;二来万一被瞧破,咱俩制造点混乱,也可蒙混过去。"

裴行笕闻言大感刺激,许久不曾跟人过招,他正手痒,旋即整整腰间的佩刀,领命而去。

狄仁杰像突然想起了什么,疾步走到墙角,从壁几的花瓶里,摸出一把短匕首。他对着空气,随手做了几个刺杀动作。此行不宜佩剑,他打算带把匕首防身。

深夜,豫州边境。

李文彪的打手与豫州边境的官军早有勾结。歹徒给了守境官军二十两银子,官军就放行了。几匹马把装满少女的木箱驮到了山脚下的一片树林里。李文彪的手下打开木箱,把少女们拖出来,给她们吃些东西,让她们就地活动一下。片刻后,他们用刀剑逼少女们分别上了两辆马车,接着在车厢里点上一炷迷香。一盏茶时间不到,少女们都昏了过去。

"辛苦啦,兄弟们。"李文彪挥了挥多毛的右手,"这些雏儿,现在任我们摆布了。"他扫视着车厢里的姑娘们。除了董星怜等几个黄花闺女是从薛子仪手里买的,其他的女子都是李文彪的爪牙从各地拐骗甚至强抢来的。算算这笔买卖太划得来了,李文彪不由得发出一阵令人毛骨悚然的狞笑,

一声呼哨,李文彪和手下纷纷上马,押送着两辆装满温香软玉的马车,挥鞭向目的地都城长安飞驰而去。

李文彪等人接连翻过几个山头,眼看才刚入青州境内。

"头儿,咱们走官道吧? 每次都绕山间小道,太受罪了。"李文彪的心腹朱大鹏斗胆说。

"又胡咧咧!"李文彪气道,"咱这些货见不得光,若走官道,她们醒来叫嚷

起来,咱们哪能脱身?"

朱大鹏不以为意:"人家薛公子不干得好好的吗?"

"嘿,他比这山上的猴儿还精!咱们比不得。"见朱大鹏不解,李文彪只得耐着性子说,"依照大唐律例,只要卖身者愿意,又是明着买卖,就不犯法。若是卖身者不乐意,或是被官府查到,卖的是抢来拐来的人,就得判重刑。"

朱大鹏大惊:"原来如此。我还以为——"

"是,这次我真是有点忧心。"李文彪爽快地承认,"从前倒也罢了。可如今的朝堂上,是女人说了算。女人总归护着女人。若咱们现在翻了船,只怕会被从重处罚。所以啊,小心点没错。"说着,他扫了这群手下一眼。

李文彪的侍从们多是江湖中人,被他以金钱招徕,一同为李唐皇族效力。多次的并肩作战,彼此像是成了朋友。李文彪表达情谊的方式只有一种,用金钱和美女笼络。所以,侍从们都情愿为李文彪冒险——执行李唐皇族交代的任务时,为李文彪夹带"私货"。

但是,颇有心计的李文彪从未真正信任过他们,自然不会把底细泄露给他们。眼下,主子发动叛乱事败,李氏一族几乎公开被武太后大肆屠戮。打着小九九的李文彪自然不愿陪葬,可也不敢明着得罪权势犹存的主子,只得趁这次机会,要手下加倍抢"货",顺路运到长安,卖入勾栏。他盘算过,这一票少说能赚五千两银子。成交之后,他再去完成主人交代的任务,真是两全其美。

日落西山,天地渐渐昏沉,寒风一阵紧似一阵。

"老大,今儿的药效过了,该给新货上规矩了吧?迷香用多了会成傻子。"朱大鹏用马鞭指着西面一条岔路,"往前走一段,有块草地,尽头是悬崖。"

李文彪点点头。这伙人赶着马车穿过树林,经过岔路,下来把马儿系在树上吃草,又将蒙眬苏醒的少女们拉出车厢,集中在草地上。在这荒无人烟的深山里,李文彪等人尽可以为所欲为。

满面髯须的李文彪往少女们面前一站,摸摸唇边的小胡子,装出一脸笑容："漂亮的小妞们，别害怕！你们遇上我，是交了好运了。"他骨碌碌转着眼珠，嘴巴像抹了蜜糖，连珠炮似的说，"看，你们一个个荆钗布裙，面黄肌瘦，家里的日子不好过吧？放心，等到了长安，等待你们的是穿不完的漂亮衣服，戴不完的首饰，吃不完的好东西，保管你们感谢我一辈子。"

这群中了迷香的姑娘刚从漆黑拥挤的车厢来到亮堂宽敞的草地，有的低声哭泣，有的莫名其妙，还有的晕晕乎乎地听李文彪信口开河。

"不过，我这人最讲道理了，要是有人不愿跟我去长安享福，也不勉强。只要开口，我就让她回家。"

姑娘们骚动起来，显然被他的话打动了。

"说吧，尽管说。我们最懂怜香惜玉了。"朱大鹏不失时机地补充道。

一个丰腴的少妇站出来："我想回家。儿子才三个月，等我喂奶呢。"

李文彪循声望去，打了个响指，示意手下带她过来。

"还有想回家的吗？过时不候啊。"

"还有我，我爹爹病了，等我采药呢。"一个娟秀的小女孩怯生生地说。

她也被带到李文彪身边。剩下的姑娘们直勾勾地盯着她们。

阿怜几次话到嘴边又咽了下去，她不相信李文彪会突然大发慈悲。自打在那神秘的石室里，被装入木箱运走开始，居然没人骚扰过她，夜夜都搂着姑娘入睡的李文彪，也没有碰过她。这令她胆战心惊，她预感更悲惨的命运在等待着她。可她身娇体弱，无力抗争。关在漆黑的木箱里在马背上颠簸时，她想好了，她绝不轻易自尽，她会曲意迎合，令敌人掉以轻心。老虎都有打盹的时候，只要她瞅准机会，偷到武器，一定与仇人同归于尽，为自己，也为父亲报仇雪恨，才不枉这短暂的一生。

李文彪沙哑的声音打断了阿怜的思绪。她死死盯住他，见他眼里闪出鹰隼般的光，一颗心顿时揪了起来，为那两个想法幼稚的女子忧虑不已。

"我最欣赏慈母孝女。"李文彪赞许道，"看，世上有谁比我更通情达理？……去吧，先送她，回老家。"他手里的马鞭朝那少妇一指，那少妇的身子

哆嗦起来。

两个手下嘻嘻哈哈地走到少妇身边,一个抓肩,一个捉脚,把她打横抬了起来,游街示众似的在姑娘们身边绕了一圈。他们走到悬崖边,将她往下一抛。那苦命的少妇似乎还没反应过来。一眨眼工夫,她就消失在万丈悬崖边。

"啊——"惨叫声在崇山峻岭间回荡,久久不曾停息。悬崖太高了,听不到她坠地的声响。

"下一个。"李文彪随意抖动着一条大腿,心不在焉地说。另一个少女已昏厥在地,可歹人们并不会放过她,将她抬起来,示众一圈,抛下悬崖。

人群中发出一声恐怖的尖叫。姑娘们搂在一起,抱头痛哭。

李文彪很满意这效果。他相信,从今往后,即便不用迷香,这些女子也会服服帖帖。就算是遇上官军,也没人敢漏半点口风。他对此很有信心,因为,每次运"货",他自有手段让她们变成一群言听计从的羔羊。

天彻底黑了,寒风从悬崖那边刮来,发出尖锐的啸叫声。阿怜迎风流泪,独自哭泣。

"该死的畜生,我饶不了他。"

风中传来极其细微的低语。阿怜一惊,侧过脸,与那女子的目光撞在了一起。此女唇红齿白,娇小玲珑,梳着妇人的发髻,却面带稚气,想是新婚。她玉容惨淡,星眸闪出瘆人的寒光,看来已愤恨至极。

"我也这么想。"阿怜凑到她耳边,低语道。

少妇警觉地瞥她一眼:"你是谁?"

"董星怜。前任右相董一夫的女儿。你是?"

"哦!"少妇容色缓和下来,答道,"我叫宋小玉,是豫州新任司马裴行笈的新婚妻子。"

"豫州?我家就住豫州。可家人都被他们杀了。"

"那从现在开始,我们同舟共济。"

两女微微一点头，便心领神会地分开了。

一番折腾，众人身心俱疲，李文彪使人找了个避风处，起灶做饭。稍作休整之后，便继续赶路。几声呼哨，马蹄嘚嘚，一行人很快消失在无边的暗夜里。

李文彪等人漏夜赶路的翌日下午，豫州城外山巅之上织云观的南大门外，并驾驰来两匹骏马。两个满身锦绣、唇红齿白的翩翩公子，姿势优美地跳下马，信步走进大门。一看就是两个富家公子，大有油水可捞。迎宾的小道姑连忙跟过去："公子爷，来进香？"

"依仙姑看，我们该烧哪炷香呢？"

看样子是花丛老手，否则怎知此地的暗语？小道姑闻言会心一笑，说："这个时辰，两位可以在前院跟仙姑们喝茶、听琴、对弈，若有兴致，去中院赌上几把亦无妨……晚膳后，才有歌舞表演……"

"我们不玩这些素的。"

身材粗壮些的公子一口剪断她的话头。小道姑斜眼睨视，假嗔道："公子好性急啊。嗯，中庭东边有个温泉，有人陪着——鸳鸯戏水。"

"好，就去后院。"俊秀的那位拍了板。

小道姑敲了敲屋檐下的风铃，走出一个胖道姑，她说："你领二位去温泉。我得去前面招呼香客。"胖道姑点点头。

两位公子跟着胖道姑向后院走去。刚步入天井，见四下无人，胖道姑似不经意扯起袖管说："好热。"瞬间压低嗓门，对粗壮些的公子说，"下次再来，记得把官靴换了。"这粗壮些的公子，正是裴行笕。

裴行笕一惊，忙扯过长袍遮掩。狄仁杰瞥见她小臂上的元宝文身，知她是捕头许方亮的眼线，才松了口气。胖道姑好赌，许方亮帮她还了多次赌债，她便甘做了他眼线。

"屋里都有偷听的铜管。这里说话方便些。"胖道姑说，"这个月陆续来了

不少'货',都关在密室。可刚来的新货,当夜被买走了。"

"密室在哪里?"狄仁杰追问。

"具体在哪不知,很可能在第五进院里。最后两进院落是禁地,有人把守,进出需要腰牌。"她怕引起怀疑,继续向前走,"我没有腰牌。"

"什么人能出入?"

"住持和薛公子的心腹。那是藏'货'的地方,有别的出入口。"

裴行俭插口道:"他们怎么处置那些——'货'?"他不习惯将女子称作货物。

"卖掉一些,留下一些。留下的充作道姑,招徕客人留宿。"胖道姑想了想,又说,"这事都透着古怪。"

"什么古怪?"狄仁杰和裴行俭齐声问。

"有个留下当道姑的女子说,她在密室时,有人教她在衣襟上写字,还教她套客人的话什么的。要招徕客人,学点歌舞媚术也就罢了,学那些个劳什子作甚?可不是透着古怪?"胖道姑说着,已到中庭,她不敢再多言,引两人入座,向西厢房高喊一声,"来客喽!"便匆匆离去。

玄机道姑半倚在床榻上,纤长的手指玩弄着衣襟上的穗子,含情脉脉的凤眼瞟着站在门口无所适从的薛祁山。这个残忍嗜血的粗汉搓着双手,邪魅的眼神被她美色诱惑,越发不堪起来。她与薛子仪往来甚密,自然免不了要跟他的家将薛祁山打交道。她有些鄙视这个粗俗野蛮的打手,可不知为什么,又有些喜欢他的江湖义气,所以依然不露声色地笼络他。而薛祁山却顾忌主子,不敢随便招惹她,可一见她的这副妖媚的模样,胸中立马燃起一团野火。

谙熟风月的玄机道姑了然他的心思,也很清楚他不过是主子手里的一件致命武器,而薛子仪才是智计百出的主使者。她想利用的正是这点。

薛祁山打量着她,像是在想她为何对他如此亲热。自打在董家豪宅搞到骚媚入骨的淳于芳,他便一直在欲海中沉溺,以为不会再对别的女人动心思,可眼前这个端丽又颇有书卷气的玄机道姑却又打动了他。她瘦削的脸颊，厚厚的嘴唇，高挺的鼻梁组合在一起散发着奇异的魅力，可薛祁山看到的，却是她道袍下柔嫩白皙的赤足和盈盈一握的细腰。他清楚她是主子的禁脔，可在得到淳于芳之前，他也曾幻想过将她据为己有。

"听说，你主子又去张光辅大人军中的营帐啦？"玄机道姑向他抛了个媚眼，"那个关着女犯的营帐。"

"这个，我不能说。"薛祁山似乎忠心耿耿，"主子的行踪，奴才不能泄露。"

"你不说，我也知道。我这小小的道姑也有自己的眼线。"她怨恨薛子仪，他承诺，事成之后陪她两天，却过河拆桥，独自偷欢去了。

"仙姑，没事我就出去了。"薛祁山急于回去，找淳于芳扑灭心中的野火。

"别着急嘛。你不想陪我坐坐吗？我也有不少事情，要倚仗你这样武艺高强又有胆识的男子汉呢。"玄机道姑慵懒地坐起来，光脚踢了踢地上的绣鞋。

对薛子仪失望之余，她已存心拉拢他的心腹爱将。她的生意确实需要薛祁山这样的武林高手来维护，最主要的是她想报复对她不忠的薛子仪。她可以忍受他有妻妾，却无法接受他在家外，除了此地还有别的温柔之乡。

"过来嘛。"玄机道姑眼里闪过一丝寒光，吐出的字句却又娇又糯，"祁山，你干这刀头舔血的买卖，不外乎为钱。可是你想想，你主子给了你什么。而我这儿，有的是金银、房舍和美女，只要你听我的话，你主子能给你的，我都能加倍给你。"

薛祁山一错愕，本以为玄机道姑着意勾搭他，却不想这女人另有图谋。他知道她说的不是玩笑话，可薛子仪是他的恩人，曾出一大笔银子把判了死罪的他从牢里捞出来。然而，眼下这小女人开出的条件，也令他无法拒绝。他不知道背叛薛子仪会有怎样的后果，更不知道自己能否守住忠诚的底线。

玄机道姑伸出一条光裸的玉腿，踢了踢榻下的绣鞋："你若有意，就帮我穿上绣鞋。"

薛祁山盯着绣鞋,喉头一阵干涩,双腿不由自主地往她那边去了。

"好极了。"美妙的声音继续钻入薛祁山的耳朵眼,"以后,你弄来的货,由你先挑。后头的厢房,你喜欢哪间,就睡哪间。每月给你二百两银子……只要你为我好好办事。"

薛祁山像是喝了迷药,晕乎乎地在她面前跪下去,紧紧抓住了那只绣鞋……

突然之间,咚咚咚,房门被叩响,传来小道姑翡翠慌乱的声音:"住持,有人闯入禁地。"

"是什么人?"玄机道姑厉声问。

"是个阔少爷。他还有个同伴,这会儿在温泉喝茶。想问问住持,如何处置他们?"

"带入静室,好生款待,我马上来。"

玄机道姑悻悻冲着薛祁山说:"小蹄子做事不稳,我去看看便回。"说着,已穿上见客用的便靴,匆匆出门。

薛祁山直愣愣地望着她的背影,不知所措。

狄仁杰和裴行笕见一个仙风道骨的中年道姑飘然而入,她容色秀丽,举止有度,令人颇有好感。他俩立马猜到这就是织云观的美女住持,大名鼎鼎的玄机道姑。下人们见住持到场,马上退到了一边。

"两位公子爷,玄机这厢有礼了。"玄机道姑谈吐斯文,不卑不亢,"小观有什么招呼不周的地方,请两位见谅。两位需要什么,但说无妨。玄机能做到的,必不会吝惜。只是后院乃一些德高望重的前辈住持和老道姑们起居之地,不便接待男客。"

狄仁杰见对方还未瞧破他俩的身份,连忙向玄机道姑作揖道:"小友年轻好奇,见后院景色秀丽,想去观赏,不是故意冒犯,还请住持见谅。"

"好说好说。"玄机道姑见狄仁杰斯文俊朗,心下有了三分好感,"豫州城内的大户人家,我都有几分交情。敢问两位公子府上是……"

　　裴行俭干咳一下："我们是外地人士,此番来豫州游玩。听说织云观的名头大大地响,便结伴过来玩一玩。"

　　"哦? 我倒不知小观名头如此响亮。是好名头,还是坏名头?"玄机道姑微笑道。

　　狄仁杰见裴行俭架不住这机敏道姑的盘问,眼看就要露底,急忙一拉他衣角,抢先说："住持真会说笑。今日天色不早,我俩先行告退,改日再来拜会。"说着,朝裴行俭一使眼色,便转身要走。

　　玄机道姑笑吟吟道："不忙。两位既然来了,怎可就此离开? 那不是我主人家的失礼吗? 这样吧,今日我做东,请二位俊俏的公子爷痛快地玩一晚,如何?"

　　狄仁杰暗暗心惊,这玄机道姑当真不可小觑。嘴上不着痕迹地说："多谢住持美意,在下感激不尽。只是我俩此次出游,有河东狮同行。偷着出来玩玩尚可,若是留宿,那是断断不敢的。还请住持见谅。"说着,从袖中摸出一锭银子,放在桌上,"这点小礼,就算是向住持赔罪。小生告辞。"

　　玄机道姑没再坚持,与心腹一起,送他俩出门。

　　见玄机道姑盯着他俩的背影出神,随侍的翡翠嘀咕道："住持,瞧这俩公子风流多金,为何那么怕老婆呢? 连留宿都不敢。"

　　玄机道姑冷冷一笑："世上哪有不偷腥的猫。那些不过是托词。你道他们是谁?"

　　翡翠一惊。玄机道姑并不在意她的回答,兀自说下去："粗壮的那个,跨上马时,居然露出了官靴。依我看,准是新刺史派来打探消息的。"她怒气冲冲地返回道观,召集所有手下,训诫道："日后要严守门户,要是再闯入奸细,仔细你们的皮!"她怒目所到之处,众人都噤若寒蝉。

　　心念薛祁山,玄机道姑不再多言,一阵风似的返回卧室,可房里不见了那个粗野的打手。她冷哼一声,目光无意间落在地席上,一只绣鞋孤零零躺着,另一只不知所终。她这才收敛怒容,代之一丝傲然的笑意。

第4章

铿锵玫瑰

"大人,这下糟了。"裴行俭一阵风似的闯进狄仁杰的书房。

"别大惊小怪。"正研究卷宗的狄仁杰不满道。

"真的!"裴行俭喘口气说,"咱们去织云观探路的事,不知怎么传到了武太后那儿。"

狄仁杰默不作声,心中却着实吃了一惊,看来那玄机道姑有点本事。

"听说,武太后大怒,已经派出特使,前来豫州,质问我们为何不事公务,纵容手下去道观闹事。"

原来如此,狄仁杰悬着的心放下大半:还好,敌人并未完全窥破他俩的身份。可是,能够猜到他俩的背景,还能在这么短时间内把消息通天,真不简单呢。

"你从哪里知道此事?"

"这——"裴行俭似有难言之隐,他曾跟太后身边的某个女侍卫交好,可面对守礼的狄仁杰,这话没法出口。他深吸口气:"总之,这消息,千真万确。那特使,听说特别难缠。嘿,咱们最近怎么净遇到难缠的女子?"

狄仁杰见他面有难色,猜到消息来源跟男女私情有关,也不追问:"那我们只好会会这个难缠的特使大人喽。"

裴行俭见他不以为意,松了口气,想了想,又说:"区区一个织云观,去了也就去了。武太后何必搞出那么大阵仗?"他眼里忽地闪过一丝异样的光,"听说,武太后的爱女太平公主,在太平观出家后也搞了不少花样。莫不是,织云观是太平观的分号?"

"休得胡言,你是执法者,不能把传闻当作事实。"狄仁杰正色道。

狄仁杰站起身,望着窗外的车水马龙,半晌,才说:"依我看,玄机道姑的织云观是整件事的焦点。"

"怎么说?"

"许捕头刚接到眼线的密报,说前几天,薛子仪去了张光辅城外的营帐。"

"难道说薛子仪和张光辅有勾结?"

"如果是这样,那武太后这么快就知道织云观的事,就说得通了。"狄仁杰走到案几前,摊开笔墨,"织云观、玄机道姑、薛子仪、张光辅、董家惨案、失踪的董星怜,还有大牢的失踪少女。此刻,都有了千丝万缕的联系。"

狄仁杰在纸上勾勾画画:"织云观暗地里做迎来送往的生意,薛子仪提供美貌道姑,而薛子仪又是玄机道姑的主子,那么他俩应当是同伙,织云观是他们的秘密据点。我们查出,董星怜应该在织云观出现过,也就是说,绑架她并杀死董一夫一事,很可能是薛子仪主使的。"

裴行笕插口道:"案发那天,张光辅的人去董家敲诈抢劫,难道不是巧合?"

狄仁杰沉吟道:"从官军小头目刘从胥的口供来看,或许真是巧合。因为,以刘从胥的性格,若早知道董一夫有个国色天香的女儿,早就抢走送给张光辅了。"

"那可未必,也许他主子张光辅不好色呢?"裴行笕不以为然。

狄仁杰摇摇头:"许捕头探明,大牢里失踪的女子,有不少就关押在张光辅的军中。他每晚挑个美貌女子侍寝。"

"禽兽不如。"裴行笕义愤填膺。

"再说,张光辅初来乍到,若论对豫州的熟悉,怎比得上织云观那些地头蛇? 所以,董星怜失踪,应该跟张光辅没有关系。"狄仁杰继续分析,"但是,眼下,证据表明,薛子仪和张光辅已经搭上了关系,他俩暗地里有什么交易,我们就不知道了。但可以推测,大牢里失踪那么多女犯,都藏在军中,应该不大可能。最大的可能是,一部分女犯在军中,还有一部分也许转移到了织云观

的密室里,更有可能已经被卖出。所以,我们找遍豫州,也找不到她们。"

"可是,薛子仪一介布衣,又跟叛党亲属薛家有牵扯,张光辅怎会与他结交?"裴行觉不解道。

狄仁杰说:"我打听过,薛家没让薛子仪进宗祠族谱。那么名义上,他就不是薛家人。薛子仪有钱,张光辅图利,一拍即合没什么稀奇。目前,他们很可能正打得火热。怎么,你不信?"他苦笑道,"我也希望猜错了,可依我看,我们去织云观之事,定是玄机道姑告诉薛子仪,薛子仪禀告张光辅,张光辅密告武太后。除此之外,我想不出别的可能。"

裴行觉目光闪烁,似乎在消化狄仁杰的话。

"如果真是如此,那些失踪的女犯凶多吉少。"裴行觉像是想通了,"张光辅监守自盗是死罪,他定会杀她们灭口。"

"这就是我明知她们在军中,却不敢营救的原因。"狄仁杰说,"一来我们人手少,若是打草惊蛇,不但救不出人,被反咬一口,还连累她们即刻被杀了灭口。二来即便被我们找到她们,他大可以说是为审讯方便,所以将女犯关在军中。武太后信任他,明知他此话可疑,亦不会如何责罚。"

"这也不行,那也不行,我们还能做什么?"裴行觉焦急道。

狄仁杰缓缓地说:"只有抓到薛子仪倒卖女犯的证据,将他和供词一起交给武太后……"

走出刺史府,狄仁杰真想对着灰蒙蒙的天空仰天长啸,可他忍住了,只是使劲抓紧了佩剑。从未有过的愤懑和忧虑攫住了他的心,他甩掉官服,纵马向长街驰去。公事繁忙的他没有时间消遣,遑论到商铺、酒肆林立的长街游荡了。自打安民告示贴出,官军撤到城外,无辜者平反,豫州的百姓陆陆续续恢复正常的生活。如今的长街如同叛乱前一样,摩肩接踵,热闹非凡。他望着满街的车马和行人,恍恍惚惚不知往哪里去,便下了马,信步走入一家酒肆,在二楼找了个临街的位子坐下,点了几个小菜和一壶烧酒,打算喝酒解闷。他喝了一壶,又叫了一壶,他想一醉方休,可内心却有一股力量阻止了这偶尔的放纵。他羡慕墙角那桌一个书生打扮的俊俏少年,见他身量小小,桌上已放三四把空壶,店小二送酒来,他将酒倒进空杯,咕嘟咕嘟一口气喝干,看那喝酒的豪气,就知道他必然活得潇洒自如,无所顾忌。

正喝得好好的,忽听门外马蹄声声,人声喧嚣,弄得鸡飞狗跳。狄仁杰觉得奇怪,正想探头张望,见二楼拥上来几个男人,腰间佩刀,气呼呼地在骂街。狄仁杰瞥了一眼,认出佩刀是官军所有,不由注目起来。

忽听一个壮男朝店小二大声呼喝,要他立刻腾出四张桌子。店小二向他点头哈腰道:"客官实在对不起,小店楼上只有四张桌。两张已有客——"

壮男不分青红皂白,顺手就是一记耳光。那店小二捂住面颊,又气又急,说:"你……你……"壮男吼道:"不让出桌子,就烧了你的酒肆。"

店小二无法,只好向那俊俏少年哀求,打躬作揖,请他让出桌子。

俊俏少年叱道:"喝酒也有个先来后到,怎可这么蛮横!"店小二忙摆手道:"他们凶着呢,别……"话音未落,壮男已大模大样朝这桌走来,望见少年的俊脸,顿时嬉笑道:"这小哥要是穿上女装,可把帐中那些小娘儿们比下去了。"

狄仁杰闻言一凛:"帐中?莫非是官军的营帐?"随即陷入苦思。

那边厢俊俏少年哼了一声,并不答话。那壮男的同伴走过来,调笑几句,居然一屁股坐下,紧挨少年的身体,嗅了一下,道:"好香。"众人狂笑起来。

那少年大怒,伸筷夹住一个飞过的苍蝇,趁那人没闭嘴,嗖的一声,扔进他嘴里。来人一惊,谁料又是两个苍蝇接连而来,弄得他手忙脚乱掐住喉咙,嗷嗷呕吐起来。那壮汉见少年捉弄同伴,气急败坏,来不及细想便一拳打来,嘴里还不干不净骂着:"老子教训你这不男不女的家伙。"

少年拍案而起,嗖的一声,长剑出鞘,直往那壮汉左肩削去。那壮汉总算反应敏捷,危机中滚倒在地,保住了左臂,却也皮开肉绽,疼得哇哇大叫。他的同伴们一见,纷纷拔出佩刀,一起朝少年攻来。少年冷笑一声,展开剑法,与众人斗了起来。

狄仁杰细看少年的剑法，变幻无常，却虚招百出，配上他轻灵的身法，令武艺平庸的对手手忙脚乱，无从招架。狄仁杰本想出手相助，但见少年身手不凡，便站在一边观战，忽听细微的机括声，暗叫不好，欲要相救已然不及，只好大喝一声示警："兄台小心。"话音未落，两支箭镞一闪，少年偏头躲过，可软帽落地，竟露出一头女子的长发。

狄仁杰和众人俱吃了一惊。

楼梯口闪出一铁塔似的黑汉子，相貌甚是威武，怪笑道："我道是谁跟咱们为难，原来是个黄毛丫头，倒是有点本事。让我来会会你。"说着，丢掉弩，拔出钢刀，纵身跳出，与那女子缠斗起来。

那女子见他暗箭伤人还言语轻佻，顿时羞怒交加，劈脸将酒壶向他掷去。黑汉子挥刀格挡，酒壶在地上摔得粉碎，酒水四溅。那帮人大呼小叫，纷纷躲开闪避。女子怒气更甚，一脚踢翻桌子，持剑攻来。黑汉子也不退避，一柄钢刀舞得虎虎生风。打到后来，二楼的桌凳都已被两人踢倒，空出一块地方。那黑汉子出手敏捷，劲力又足，而那女子适才被众人缠斗消耗了力气，又被箭镞暗算，加上众人一直轮番从旁捣乱，她与那黑汉子拆了百来招，力渐不支起来。

"美人儿，乖乖跟我回去，绝不会亏待你的。"那黑汉子武功果然不弱，一边闪躲进招，嘴里却不断出言调笑。

女子却很是生气，边打边怒斥道："光天化日，你们居然想强抢民女，还有王法吗？"

"我就是王法！"黑汉子一刀劈来，疾攻颈项。她偏头闪过，旁边又有双刀攻到。

眼看她要吃亏，狄仁杰也不起身，抓过筷子一扬，手中的一把筷子飞了出去，呈天女散花状，正中众人右臂，只听当当当几声响，钢刀纷纷落地。狄仁杰这手暗器功夫是从飞刀绝技变化而来，百步之内取人性命，百发百中，幸而用的是筷子，又没打要害，否则众人哪有命在。

众人痛得直叫唤，还不知暗器从哪里飞来。那黑汉子朝狄仁杰望了几眼，心想多半是这人作怪，朝众人使了个眼色，稳住身子，左手入怀，摸出一纸文书，抖开，朝狄仁杰吼道："大胆刁民，你身怀凶器，当街闹事，冒犯官军，该当何罪？我看你一定是叛党，赶紧束手就擒，跟我们回去。"另几人勉强爬起来，用左手从包袱里摸出锁链，哗啦啦啦一抖。

那女子看不过眼，气道："打不过就耍赖，什么东西！"又冲着狄仁杰朗声道，"兄台救命之恩，小妹没齿难忘。即便兄台真是他们口中的叛党，小妹也愿意随你亡命天涯。"

狄仁杰呵呵一笑："姑娘言重了——"还未等他说完，黑汉子自行推宫换血，右手已恢复灵便。他纵身抢过锁链，往女子脖中一套，喝道："女扮男装，本就居心叵测，还敢公开附逆叛党，活得不耐烦了。跟我回去！"

女子怒极反笑，一头撩人心弦的黑发抖动几下，铁链已咣咣落地。黑汉子一愣神工夫，那女子手中不知何时多了把匕首，顺手在他颈项间一抹，出现一道红线，登时血流如注。

"你——"黑汉子只吐出一个字，便重重倒在地上。

"杀人啦！"店小二惨叫一声，连滚带爬跑下楼去。

女子朝狄仁杰嫣然一笑，施展轻功，跳过桌子，手中寒光闪动之处，均有官军毙命。狄仁杰急忙纵身一跃，挥拳格住她的手臂。

"你怎的敌我不分？"那声音如莺啼燕鸣。

"不可滥用私刑。"狄仁杰皱眉道。

剩下的官军早吓得肝胆俱寒，一见他俩交上了手，赶紧脚底抹油，趁机想跑。

"哪里跑？"那女子一拧腰，灵活地滑出狄仁杰的臂圈，施展轻功追了上去。

狄仁杰无法，瞥见地上的铁链，灵机一动，捡起来运力丢向官军，顿时将他们绊倒，搅作一堆。同时，他飞身过去，抓住那女子肩头，迫她转身面对他：

"国有国法,家有家规,你滥用私刑,跟这些人有何区别?我会把他们交给官府,按大唐律例审理。"

"你倒是挺守法啊。告诉我,你到底是干什么的?"女子娇笑着,一双灵活的眼睛闪着睿智的光。

狄仁杰心中一动,可马上清醒过来:这绝不是个普通女子!适才对敌,她刻意隐藏实力,为的是试探自己的立场,这说明她颇有心计;能在自己眼皮底下杀人,出手如电又收放自如,说明她的武艺非同寻常;女扮男装,孤身闯荡江湖,说明她胆色非凡;可她疾恶如仇又任意妄为的性格,又似受万千宠爱长大的富家千金。那么,她究竟是什么人呢?

"快说啊!"见他沉吟不语,女子露出不耐烦的神色,一拧身,挣脱他的手,"再不说,本姑娘先走了。"

狄仁杰哪能容她脱身,闪身拦住她去路:"我在刺史府当差。姑娘杀伤官军虽说情有可原,可也得随我去府里走一趟。"

"原来是一伙儿的。"女子俏脸一寒,抄起宝剑,"想要抓我,先问问我手里的剑答不答应。"

狄仁杰不愿与年轻女子动手,略一迟疑,她已绾了个剑花,攻了过来。他万没想到她出招如此迅捷,当下身子后倾,避过她凌空一剑,本以为她会再攻,谁料她举剑在空中呼呼虚刺了几下,突然扭头,紧走几步,跃出阳台。

狄仁杰飞身向前,扶着临街的栏杆,探头出去,见那女子已抢了他的坐骑,绝尘而去,纤弱的背影自有种说不出的魅力。他暗松了口气,突然觉出,他内心不想拿她归案,甚至开始有些欣赏她。

处理完酒肆的事,狄仁杰已经倦了,回到卧房,刚要推门,觉出些许异样,这是在多年探案生涯中,面对层出不穷的艰险,练出的敏锐直觉。

第5章

英雄气短

狄仁杰的卧房在刺史府后院,有个窗子。他还未成家,所以没有另置宅邸。他绕到后窗,轻轻掀开窗子,朝里扔了块石子,接着飞身跃入,就地翻滚的同时,一手摸出飞刀,一手点燃火折子,扔向半空。火光闪烁,他看清坐在桌边的是裴行俭,松口气,站起身,放回了飞刀。有时,他也会埋伏在裴行俭的卧房,这是他们乐此不疲的游戏,也借此训练彼此在危急时刻的应变能力。

　　"怎么突然好兴致?"狄仁杰笑问。裴行俭只是出神,也不言语。狄仁杰暗暗纳罕,点亮油灯,才看清他面有泪痕,不由得大惊道:"出了何事?"

　　"小玉不见了!"裴行俭忽然叫道。

　　狄仁杰又一惊:"什么时候的事?"

　　"好些天了。"裴行俭带着哭腔道,"上月我便遣人去接小玉来豫州团聚,可久等不见,便写信去岳丈家问。谁料回信说,小玉等出发已逾半月之久。我又派人沿路搜寻,什么也找不到。适才许捕头送信来,说有个樵夫来报官,他在豫州城外的山谷里,找到几具尸体。其中一个就是我派去接小玉的仆人,他身上还有我给的信物。"他顿了顿,又说,"我去看过现场,在不远处找到了一顶小轿,座位下藏着小玉绣的鸳鸯手帕,那手帕我也有一条,想必是她故意留给我的线索。"

　　狄仁杰在他对面坐下,缓缓道:"振作起来,我们一定能救她回来。"

　　裴行俭抬起头,嘶声说:"我甚至不知去哪里找她。"

　　"你冷静点,激愤会让你失去判断力。"狄仁杰说,"小玉、董星怜这两起失踪案,时间、地点和现场环境都很接近,像是同一伙人干的。再加上大牢失踪的女犯……对了!"他突然想起了什么,"今天在酒肆,我竟遇上张光辅的手下强抢民女。我看,这些案子是合并调查的时候了。"

"可张光辅总给咱们使绊子。"裴行觉扶住额头,"一个张光辅就很难对付了,再加上武太后的特使……"

武太后还算明理……狄仁杰想。"我有个主意。"他见裴行觉意志消沉,忙说,"你去联络失踪女犯的家人,尤其是刚平反的富户,请他们联合起来,组织上京请愿活动——请武太后顺应民意,登基当皇帝,改国号为周,让皇帝李旦改姓武。"

"什么?"

见裴行觉不解,狄仁杰解释道:"洛水神石出现后,武太后称帝之心已昭然若揭。而李氏皇族叛乱已平,太后称帝再无阻碍。日前,京城大大小小的请愿活动如火如荼,太后都亲自接见并大加封赏。这些豫州富户若不联合起来去京城请愿,又哪有机会见到太后呢?"

裴行觉像是明白了什么,打起精神说:"然后,借面见太后的机会,求她下旨,为失踪女子做主,这样,张光辅就再也没法阻碍我们办案了。"

"对,我正是此意。"

"可我真想马上冲进织云观,抓住那个狡猾的住持,逼她说出小玉的下落。"

狄仁杰严厉地说:"万万不可。如果你贸然行动,她自有办法让你永远见不到小玉。按我说的去做吧。"

离开刺史府,裴行觉心中烦闷,便四处乱走,不知不觉到了城外,见山脚下有家清幽的小酒馆,便进去要了一坛酒,自斟自酌起来。喝得正云里雾里时,不知何处冒出一个浓妆女子,扭着腰肢晃在他对面坐下,嗲嗲地说:"大爷,请我喝杯酒,好不好?"醉眼蒙眬中,他见她相貌不俗,便点了点头。浓妆女子很高兴,拿起他面前的杯子,斟满酒,喝了一口,递给他:"大爷,你若有意,便喝我这半杯残酒。"一股油哈味从杯口传来,令他几欲作呕,赶紧挥挥手,示意她快走。

"哼,有什么了不起?"浓妆女子白了他一眼,站起来,袅袅婷婷地迎向另一个客人。

他索性撇了酒杯,捧起酒坛喝起来,可不知是不是油哈味的刺激,他喝了几口,便丢下坛子,哇哇吐起来,秽物溅得满身都是。一双轻柔的手用湿布帮他抹去脸上的秽物,还为他脱下了外衣。他觉得是小玉来了,因为她跟小玉一样,荆钗布裙却难掩秀色,身上还散发着淡淡的香气。他不由自主地靠近她的粉脸,他想凑近点,看清楚,那到底是不是他的小玉。

"小玉,你来了?"

"你醉了,我扶你回房歇息。"

她扶他走进酒馆后头的一间茅舍,让他平躺在一张藤榻上,温柔地为他宽衣解带。突然,她的手停住了。她看到了长袍下的官靴。她的脑子嗡的一声涨大了。

明珠一个人经营着这家酒馆。酒馆是她丈夫开的,生意不算好,却可供全家糊口。有一天早上,她在不远的山坡摘野菜,忽听酒馆这边闹哄哄的。她藏身在灌木丛里,偷看到一群穿官靴的,抓走了丈夫,说他是乱党。她不敢回去,在山里藏了好些日子。渴了喝泉水,饿了摘野果。直到听进城卖柴回来的樵夫说,城里贴了安民告示,这才敢回家。后来,又是穿官靴的来通知她,说丈夫被判了流放,在路上得病死了。对于她而言,丈夫就是天,天塌了,她也不想独活。幸好,她上吊时,被邻家的寡妇发现,救了下来。她死过一回,反倒想开了,在那寡妇的帮衬下,她家的小酒馆重新开张了。

见裴行笕烂醉如泥,她到厨房的水缸里,舀了一瓢清水,哗的一声泼在他头上,这是她用来对付赖着不走的醉鬼的招数:"快醒醒,爬起来,滚出去。你们这些草菅人命的坏蛋。"她恨恨骂道。

裴行笕迷迷糊糊中感觉脸上一凉,勉力睁开眼,眼前那张秀美的面容幻化成小玉的模样,不由得微微一笑。明珠怔住了,觉出这个穿官靴的,跟其他的不一样。她一时心乱如麻,不知如何决断,望着躺在床榻上的裴行笕默默出神。

裴行俭见"小玉"不理会他,心下焦躁,起身一把拉住她的玉腕,嘴里喃喃叫着:"小玉,小玉,我好想你。"说着,将她拉进怀里。明珠是久旷之身,对他又有三分好感,此时哪还能抵挡得住,任他温存了一番。

第二天一早,山里聒噪的鸟叫吵醒了裴行俭,他睁开眼,见身边躺着一个女子,惊得立马披衣,跳下了床榻。

明珠拥被坐起,冷冷地说:"大人,你可是嫌弃我山野村妇,配不上你?"

"姐姐多心了。"裴行俭一向自命风流,遇上小玉才略略收心,昨夜之事自不会放在心上。只是依稀记得,昨夜有个浓妆女子相陪,却不是眼前这位,他一边怨自己酒醉糊涂,一边试探着问:"昨天有位大姐……"

"她是个寡妇,丈夫被你们逼死了,迫于生计,才干这个……也好帮我招徕生意。"明珠垂下眼皮,黯然神伤,"我也是寡妇……你们到处抓人,豫州多了多少孤儿寡妇啊。"

裴行俭从她吞吐的言辞中拼凑出了大概的情形,不由得动了怜惜之情,掏出一锭银子,放在被上。

明珠见状,倏地涨红了脸,将薄被往头上一兜,恨声道:"我不干那个!我只卖酒。"

裴行俭暗怪自己冒失,在床边坐下,柔声说:"这是酒钱。你收着。下次我再来。"说着,隔被轻轻推她的身子。

她翻了个身,面孔朝里,点了点头,低声说:"我叫明珠。"

他略一颔首,转身走出茅舍。宿醉后的大脑还迷糊着,而小玉哀怨的面容却顽固地冒出来,与明珠凄婉的面影重叠起来。昨夜的温存不仅没有消减他对小玉的思念,反而加深了他无法解救爱人的愧疚。

临出门时,他回头又看了她一眼。

过了几天,在狄仁杰的授意、裴行俭的四处游说下,那些失去妻女的家庭联合起来,出钱出力,上京请愿。正如狄仁杰所料,这支来自李唐皇族叛变之

地——豫州的请愿团,受到了武太后的重视。她不但亲自召见所有请愿团成员,还给了丰厚的赏赐,在天下人面前树立了一个"顺我者昌"的榜样。见火候到了,请愿团便按计划,向武太后递交了状纸,求她下令,寻找他们失踪的妻女。此时的武太后正志得意满,当即下令,指示豫州府彻查此案,任何人不得阻挠。此时,她想起了对她忠心耿耿的董一夫,心中黯然,又发出一道懿旨,责成狄仁杰成立专案小组,将董家惨案与女犯失踪案并案调查。大约是记起了张光辅总跟狄仁杰为难,武太后再下懿旨,要张光辅立刻班师回朝,不得有误。一天之内,武太后往豫州连发三道懿旨,前所未有,震动了整个豫州。刺史府里,原本持着观望态度的官吏们,一接到懿旨,立刻摇身一变,成为狄仁杰"坚定"的拥护者。

一天晚上,狄仁杰正在刺史府的偏院里练剑,剑锋霍霍,吞吐无定,正练得兴起,一道娇俏的身影扑入院内,剑影一晃,已到眉心,狄仁杰心中暗叫:好快的身法!头部向后疾挺,剑锋从鼻端擦了过去。对方见一击不中,随即纵开三步,收剑大笑道:"狄大人,剑法大有长进啊。"

狄仁杰打量着那月光中的倩影,认出她就是那位在酒肆大杀官军的女子,今日她恢复女儿装扮,一身粉色锦衣,金环束发,裙裾飘飘,俏生生往那儿一站,当真是百媚千娇。可他已知此女外表柔美,出手却毫不容情,可自恃艺高,也不在意,故意说:"姑娘何处得知下官身份?既知我身份,又为何夜袭朝廷命官,莫非你是叛军余孽?"

那女子啐了他一眼,旋即嫣然而笑:"大人用计令太后赦免死囚,又撤走张光辅,好本事啊!"

狄仁杰心里咯噔一声,感觉来者不善:"不知姑娘深夜来访,有何贵干?"

那女子微笑道:"小女子得知大人正全力侦破董家血案,寻访董小姐等的下落,特来助你一臂之力。"

狄仁杰一怔,抱拳道:"姑娘仁义,狄仁杰敬佩。想这豫州多少好男儿,都未必有姑娘的这份侠骨。"

"这么说,你答应了?"那女子一双俏目亮了。

狄仁杰轻叹一声,摇了摇头:"此案错综复杂,背后不知牵扯了多少人物。虽说你武艺高强,可毕竟是一介女流,如何与虎狼争斗?"

"哼,冠冕堂皇!"那女子双手交叉,抱在胸口,斜眼冷笑道,"还以为大名鼎鼎的狄仁杰有多了不起,原来也是畏惧强权的软蛋。我看你是心怯,不敢彻查此案。"

"你错了。不论线索指向哪些权贵,都不会令我退缩。"狄仁杰冷冷地说。

"假话!"

他不理会她的冷言冷语,继续说下去:"我只是不想,再有个无辜的姑娘卷入这场祸事。你要明白,这是你死我活的战斗,不是花前月下的比武切磋。"他恳切地望着她的双眼。那女子的目光与他相触。彼此心中俱是一荡。

"既是你死我活的战斗,那狄大人就不该心慈手软。"那女子声音柔媚,可后半句话却带着森然之意,听得狄仁杰心头发怵,更摸不清她的来路。

她收剑入鞘,上前一步,从腰间的香囊里,取一个令牌。当下她右手持牌,朗声说道:"我乃当朝太后的特使,上官允儿。奉太后口谕,前来督察你办案。"

狄仁杰借着月光细看令牌,立刻知道她所言不虚。眼前这喜怒无常、好勇斗狠的美貌女子,正是他们苦等多日的特使大人。饶是他公正不阿,心底无私,额角也不禁冒出冷汗。这么看来,她已潜伏在豫州许久,乔装打扮,视察民情。酒肆相遇,说不定也是她刻意为之。

见狄仁杰满脸凝重,上官允儿又恢复先前笑语盈盈的模样:"狄大人,现在你不能赶我走了吧?"

"下官不敢!不过,顾念特使大人安全,还请大人待在府里。查案的事,自有下官等去办。"

"你——"上官允儿一听这话,俏脸一沉,说道,"哼!我偏不待在这儿,你若敢拦我,我就回禀太后,说你抗旨忤逆,看你还怎么查案!"

狄仁杰已略知她脾气，倘若执意不允，她真会禀告太后，拿着太后的手谕来压他，到那时反而不美。而事实上，他也正需要这样一个女助手，便顺水推舟答应了下来。

上官允儿浅浅一笑："其实，你该谢谢我。"见他投来不解的眼神，就说了出来，"你道太后为何招张光辅回京？是我飞鸽传书，密报朝廷，说他纵容属下行凶，强抢民女、抢劫勒索，还处处阻挠你办案，弄得豫州天怒人怨。这样下去，怕是要官逼民反了。嘿嘿！"

狄仁杰知她所言不虚。他虽身在豫州，亦听人说，太后身边有个女官叫上官允儿，文武全才，颇受宠幸。太后身边的红人说一句，自然顶得上旁人说百句。他当下躬身，抱拳行礼："特使大人在上，请受下官一拜。"

上官允儿吓了一跳，连忙趋前相扶，情不自禁地拉住了他的手。狄仁杰觉出她手心的热力，心中一跳，赶紧后退三步，脸腮早已飞红。

上官允儿知他面嫩，不由得扑哧一笑道："有人密报，说你和属下不好好办案，反而去织云观找美貌道姑胡混。此次太后派我来，就是让我质问你。若不是我亲眼所见，也不知你这刺史大人如此老实。可你的手下人怎的如此风流不羁、到处留情，累得你名声受损。"

见狄仁杰不解地望着她，她呵呵一笑："你的手下裴行俭，胆大妄为，居然连叛党遗孀都敢惹。"

狄仁杰大惊，暗想她这话好没来由，裴行俭虽佻达，料想不至于如此不知轻重。可是，以她的立场，却没必要说谎。

上官允儿见他露出不信的神气，有些着恼："那女人是开酒馆的，还兼做些没本钱的买卖。如此倒也罢了。"她打量一下狄仁杰的脸色，才继续说，"问题是，那小酒馆在郊外山脚，那是织云观的势力范围。"

狄仁杰听她语气，想必确有其事。要知道裴行俭是他心腹，对案件侦破有大作用，不能有失。可是，他不便当她面盘问裴行俭，便唤来仆婢，先带上官允儿去客房安置。待允儿走后，狄仁杰直奔裴行俭卧房。

狄仁杰敲两下裴行俭的窗棂，里头悄无声息。他定定神，轻轻推开窗子，想从缝隙里望进去，手一动，里面一阵窸窸窣窣。

"谁?"是裴行俭的声音在问。

狄仁杰说："刚才有人闯入，想问问你瞧见没有?"

裴行俭道："我、我有点风寒，早就睡了。"

狄仁杰心下一沉，以裴行俭的火爆性格，一听有刺客，势必不是如此反应，其中定有蹊跷。他想了想说："我进来看看，不妨事吧?"

顿了半晌，裴行俭才说："你进来吧!"

狄仁杰推门进屋，打起了火折子，口中说："要不要请个大夫给你瞧瞧?"眼角的余光已将整个房间打量一番，不见任何异样。

裴行俭依然高卧不起，笑道："哪有那么娇贵，想是前两天在山边吹了风，睡一觉就好。有劳大人多心了。"

狄仁杰手持火折子，走到床边，往床上一张望，见他被褥隆起一块，显然藏着人，想起上官允儿那番话，心往下一沉，忙转过头凝视着裴行俭。裴行俭目光闪烁，被他一瞧，更抬不起头来。狄仁杰想了想，轻声说："你多休息。明天再来看你。"转身便走了。

一出门，但见一人影飘来，狄仁杰不止步，兀自走进花园，才停下。来人闷哼一声，阴阳怪气地说："我全都看到啦，还以为你会秉公处理，把奸细揪出来。谁知道你如此护短，居然不揭穿他。还特意支开我……"

来人正是上官允儿。

狄仁杰也不分辩，淡淡地说："少年人血气方刚，有点风流韵事在所难免。作为长官，我该包容他。裴行俭是我的好帮手，我不想轻易怀疑他。"稍停，他又说，"放心吧，特使大人，此事我会好好处理。"

上官允儿又是一声冷笑，扭身走了。

过了一会儿，裴行俭主动来找狄仁杰。他神色忸怩，似乎有事难以启齿。

狄仁杰一拍他肩膀，故意说："怎么? 弟妹不在，你又有了新目标?"

裴行俭道："大人，我没有欺瞒之意，只是不知如何启齿。"他一五一十，将如何认识明珠的过程说了一遍，说罢，眼巴巴地望着狄仁杰，等他发落。

狄仁杰长叹一声，道："你的私生活，我不想干涉。只是，此女背景复杂，你对她又有多少了解？将来，万一有什么闪失，你如何承担得起？"

裴行俭急忙说："明珠的确身世坎坷，但心地善良、善解人意，绝不是你想象中的那种女子。"

狄仁杰说："她的遭遇，我也很同情，可她的酒馆就在织云观附近，难保她和观里的人没有来往。即便她是清白的，也难说不被歹人利用。你是我们的人，跟她来往甚密，太过危险。"他顿了顿，终于说，"在没查清她的底细之前，你还是不要和她来往了。"

裴行俭说："大人，我可以担保她和织云观没有关系。况且，她的酒馆在山下，说不定还能帮我们探听织云观的消息。"

"万万不可！"狄仁杰厉声道，"若她真是清白的，你让她做眼线，等于送一个无辜的好人去死。"

"我——"

狄仁杰一摆手，道："不必多言。特使大人已到豫州，明日我带你拜见她。不过，她已事先探知你和明珠的事。你想想，若她回去向武太后密报，太后会如何处置你们？"

裴行俭惊出一身冷汗，他知道狄仁杰的话在理，可在他的生活里，已不能把明珠完全抹去。她对他信赖依恋日甚，而他亦是真心相待，他甚至想过，在跟小玉团聚之后，再想办法给明珠一个应得的名分。而今之计，唯有全力以赴破案，早日解救出小玉，也为苦命的明珠正名。他不能抛弃明珠，可也不会再带她来府，这些他一时无法讲清，唯有日后慢慢跟狄仁杰解释。

第6章

山中恶斗

翻过高山,又行了几个时辰,李文彪和他的手下人,护着两辆马车,在弯弯曲曲的山道上艰难前行。长路迢迢,似乎永远没有尽头。阿怜弄不清在山道上颠簸了多少个晨昏,或许并不多,可仿佛已有一辈子这么久。酸臭漆黑的车厢像是深埋在地心深处的蚁穴,拥挤而肮脏。

　　有时,她们会被粗鲁的打手放出来透透气,方便一下。那都是在无人的深谷,崇山峻岭阻断了阿怜远眺长安的目光。她曾进宫参加过武太后的寿宴,还献上一支优美的舞蹈,赢得了太后的赞赏和各色艳羡的目光。在那之后无数的梦里,她曾那么深切地渴望再回到长安,重温那纸醉金迷、颠倒众生的时光,哪怕只有片刻,而如今,她却如女犯一般被押送去那个心之向往的都城,等待她会是怎样坎坷多舛的命运,她无从知晓。没有足够的食物,连日的颠簸劳碌,憋闷的车厢和对未来的忧虑,令她几近崩溃。幸好,有小玉的陪伴。

　　"一定要活着,像牲口一样活下去。"小玉劝慰着她,"活着才有报仇的希望。"

　　阿怜抓紧她的手,咬牙切齿道:"对! 我绝不放过他们。也不会放过,我的杀父仇人。"

　　再走数里,一片澄澈广阔的大湖出现在眼前,碧波荡漾,水草丰美,鱼儿成群。众人经过几日劳顿,人马都支持不住,见此美景,心怀大放,立即在湖边扎营起灶,生火做饭,还有人撒网捕鱼,搭弓射箭。

　　李文彪吩咐手下放一些姑娘出来,多是平时温顺听话的。她们从车厢里钻出来,虽饿得有气无力,可神情是愉快的,还帮着捡柴做饭,跟李文彪他们有说有笑,听得车厢里的阿怜大惑不解。她咚咚咚敲响了厢门:"让我们出去!"她边敲边喊。小玉被抢时,已怀有身孕,在车中颠簸几日后,渐渐害起喜来,四肢酸软,头晕目眩,胸闷发呕,因为没有食物,只是呕出些酸水,弄得浑身臭气熏天。

过了一会儿,封死的车窗从外头打开了。

"吵什么?"

"让我们出去!"阿怜厉声说。

朱大鹏嘿嘿笑起来:"怎么啦? 美人儿。耐不住寂寞,想出来要要?"

"闭上你的臭嘴!"阿怜轻蔑地说,"你们把小玉放出来,她需要吃东西,洗澡。晚上,得让她在营帐里歇息。"

"哎哟,姑奶奶,你以为你还是大小姐?"朱大鹏露出一脸凶相,"我呸! 你给我老老实实待里头。再闹事,小心大爷的鞭子。"

阿怜冷笑一声:"好啊,去告诉你们头儿,什么时候让我们出去,我什么时候开始吃东西。否则,你就等着人财两空吧。"

小玉感激地扶住阿怜的肩膀,晃了几下。

又过了一会儿,车厢门开了。李文彪的人把她们赶出来。

"都出来出来,下去洗澡,真他妈臭死了,母猪。"说着,指挥手下,用水囊清洗肮脏的车厢。虽说偶尔会让她们放风,可多数时间,她们吃喝拉撒都在车厢里,那气味自不会好闻。

阿怜扶着小玉勉力爬出车厢,才发现,李文彪命人在大湖一角的避风处,围起了布幔,那些姑娘正在湖水里嬉戏沐浴。

"赶紧洗,下次怕是没这样的好事了。"朱大鹏恶狠狠地说。担心她们趁机逃跑,他们用铁链锁着她们的脚踝,将所有人连成一串。阿怜和小玉犹豫了一会儿,最终抵不住诱惑,脱下亵衣,小心下水,加入她们,在布幔后面仔细地洗起来,恨不能将这么多天以来,沾染在身上的晦气洗个一干二净。

湖水流光溢彩,澄澈迷人,小玉一时心神俱醉,精神振作起来,只想纵情

畅泳。而阿怜匆匆洗毕、穿上衣裙后,站在一方石头上凝神思索,像是无心欣赏湖光山色。她在暗中观察,有否逃生的机会,可李文彪防范得密不透风,插翅也难飞。失望之余,她比从前平和多了,她懂得,唯有以静制动,悉心留意,才有机会逃出生天。

夜晚,李文彪的手下没再赶姑娘上车,而是让她们捡来柴草枯枝,就着大树搭了个露天窝棚,在里头休息,外面生了篝火取暖,亦可吓走猛兽。众女对宿在野外不以为苦,反而欢天喜地,要知道,关在漆黑狭小的车厢里日夜兼程的日子太难熬了。

阿怜躺在小玉身边,咬着她耳朵轻声问:"你是怎么被劫来的?"

小玉颤声说:"我夫君受命到豫州任职,本想带我同行,可大夫说,我有喜了,不宜劳碌,夫君便送我去了娘家安胎,待我胎象稳固,再接我团聚。"她窥一眼四周,见众女鼻息沉沉,想是都睡着了,才悄声继续,"过些时日,夫君果然派人来接,我带了几个仆婢,随来人一起上路。谁料,在豫州的山中,我坐的轿子被截停了。我只听到轿子外面呼喝惨叫、兵刃交加的声音,不一会儿,声音没了,轿帘被扯开,我便稀里糊涂被劫走了。我的那些个随从,想是都遭了毒手。"说着,垂下泪来。稍停,问阿怜:"你呢?"

阿怜小声说:"他们冲进我家,放火,杀了我爹爹,抢了我来。"

小玉失声道:"这群人还有王法吗?"

阿怜肃容道:"不是这群人抢了我,是另外一些人。他们还有宫里的令牌。"

"啊——"小玉瞪圆了眼。

阿怜急忙捂住她的嘴,悄声说:"我本以为那令牌是假的。后来细细回忆,令牌,兴许是真的,只是,跟我从前在宫里见过的令牌,有少许不同。这事,我到现在还没有完全想明白。"

小玉微微点头,示意她松开手。

"这事有点复杂,我想不通。但我相信,夫君会求狄大人找到我。我把手绢留在轿子里了。"

阿怜奇道:"狄大人?"

小玉说:"就是狄仁杰。屡破奇案的大侦探。"她似乎对这个阿怜素未谋面的狄大人充满信心。

阿怜没再说话。极度劳累中,两女带着满腹忧思睡了过去。杂沓的足音由远及近,阿怜吓得惊醒过来。

朱大鹏吩咐手下看住众女,抓起佩剑扑进李文彪帐中。原本拥美高卧的李文彪见神色惊慌的朱大鹏,情知不妙,不情愿地离开美女温软的身子,随他出帐,跑到不远的山坡,伏在地下向远处张望。

幽蓝的星空下,静悄悄的山中,忽地鸟雀惊飞,间或还传来野兽的低吼。

朱大鹏面无人色:"山贼来了!"

李文彪身经百战,经验老到,侧脸伏地细听,听出对方还在远处,至少还未完成对他们的包围,忙说:"叫两个兄弟,把姑娘们赶进马车,藏到湖那边的山谷里。再留几个人,遮掩清理车辙、营帐、篝火的痕迹。"

朱大鹏点头领命,立马指派手下行动起来。李文彪又说:"你我留下,跟剩下的兄弟设下陷阱,攻其不备。"

朱大鹏知道山贼数量既多,又凶狠善战,生出怯意,说:"主公,不如别跟他们硬拼,我们走就是了。"

李文彪苦笑道:"就我们这些人,逃跑是来得及的。可加上两辆马车,这些个姑娘,怎跑得过山贼的快马?都怪我这次大意了,本不该在此地扎营。"

朱大鹏想,要主公弃女逃跑,等于将大把白花花的银子扔进湖里,他是断断不肯的。而自己此趟也会白忙一场。为今之计,只有智取了。他附耳如此这般说了一通,听得李文彪不住点头。

众人立时奉命忙碌起来,挖深坑、藏尖刺、堆石块,到处设下绊马索。等一切布置就绪,大家清点弓箭,各就各位,埋伏在土坡、大树后,只待山贼来犯。

片刻后,不远的山坡上,一队山贼疾驰而来。阴冷的月光下,人喊马嘶,尘土弥漫,杀气腾腾,看得李文彪等人头皮发麻。

咻的一声哨音,几十个山贼兵分两路,包抄过来。李文彪双目血红,面颊抽搐,吩咐手下沉住气,在看清形势前别轻举妄动。

这时,一阵阵尖厉的呼哨声响,两队山贼纵马全力向山坡上冲来。冲在最前的山贼突然人仰马翻,该是触到了绊马索,还有些掉进了事先挖好的陷阱中。跌倒的人和马滚落山坡,连跟在后头的山贼一起成了滚地葫芦。山贼死伤不少,士气大跌。

李文彪部众挥臂欢呼、精神大振。李文彪心知赢得侥幸。对方只是一时疏忽,才中了圈套。山贼是地头蛇,熟知地形,待他们反应过来,己方未必有胜算。他忙带手下一起撤往预先挖好的壕沟,设好弓箭,准备对敌。

此时,树丛里响起一阵马蹄声,又跑出一小队人马,个个手持火把,照得山坡周围亮如白昼。只见人丛中一个大汉纵马而出,神气活现,应该就是贼王。他挺直身板坐在马上,高叫道:"无知竖子,留下金银车马和女人,本大王就放你们一条活路!"

李文彪见贼王出场,对方本次的兵力已一目了然。他示意众人噤声,以免暴露他们的方位。

对方连叫几遍,见无人回应,暴躁起来,下令清点人马,重做布置。尖厉的哨音中,山贼纷纷下马,分作前后两批。打前站的山贼手持盾牌和长矛,一边护住要害,一边小心翼翼向前,一路捣毁李文彪等设下的陷阱。后排山贼在盾牌的掩护下,向坡上放箭。两批山贼既攻且守,配合默契,顺利摸上坡来。

李文彪借着对方的火光,估摸对方仍有三十人可以作战,敌众我寡,不可硬拼。更何况,不知山中是否有援兵留守,还是早离是非之地的好。他盘算一番后,命令朱大鹏:"你去解开三四匹马,让它们向树林方向冲。等敌人追去,我们就全力逃跑。"

朱大鹏一愣:"那马车里的姑娘呢?"

李文彪说:"逃跑是假!对方人多,可武功稀松平常。我俩趁乱俘虏贼王,再跟他谈判,不愁脱不了身。"

朱大鹏点头,领命去了。此时,山贼已逼近山腰,慢慢围拢过来。贼王和其他手下,跟在后头掠阵,不时挥动弯刀,时刻准备杀敌。李文彪镇定自若,见此情形,低声吩咐:"动手!"众手下得令,马上将预备好的大石头推下山坡。

那些山贼的盾牌,不是藤制就是木制的,哪里抵挡得住一轮轮巨石的猛攻。几番下来,攻得山贼溃不成军。李文彪见时机一到,大喊放箭,躲在壕沟内的手下立马跳出来,弯弓搭箭,利箭如蝗虫般飞向山坡,刚被巨石打得屁滚尿流的山贼,哪还有还手之力,有的倒在地上鬼哭狼嚎,有的撒开腿逃命去了。

贼王想不到李文彪如此了得,气得吹胡子瞪眼睛。幸好,他身边的十来个亲兵毫发未伤,即刻重点人马,带上还可作战的十几二十个山贼,一行三十多人,重整旗鼓,朝山坡上杀来。

这个时候,树林那边传出咻咻马嘶,接着蹄声嘚嘚,贼王果然中计,以为李文彪等想跑,掉转马头,斜刺里向树林冲去。

李文彪待马贼过了半山腰,马上下令,全力以赴向敌人冲去。他们人数少、武功高强、动作迅捷,山贼居然没有觉察到他们的行动。待靠近敌人,李文彪等大声呐喊,持剑杀将过去,将山贼的队伍拦腰截断。此举大出山贼意料,来不及反应,便被砍瓜切菜般杀了大半。

李文彪一马当先,飞身到贼王马前,挥剑刺去。贼王只得挥动长矛格挡,他武功平平,可膂力着实了得,震得李文彪右手发麻,差点握不住宝剑。贼王瞅准这点,舞动长矛一味猛攻,杀得李文彪措手不及。李文彪心里发急,知道若不能马上拿下贼王,剩下的山贼集结来攻,他定然难敌。正在这危急时刻,只听嗖嗖两声,两支羽箭一前一后,破空而来。一箭正中贼王右肩,他身子一抖,长矛脱手。另一箭正中贼王马腹,战马悲鸣一声倒地,贼王滚下马来,身

子在地下一撞，肩上的羽箭又进肉几寸，登时血流如注。放箭之人，正是放马之后，赶来支援的李文彪的心腹——朱大鹏。李文彪哪肯放过这大好机会，飞身向前，长剑架住了贼王的脖颈，冷喝道："叫你的属下住手。"同时，扭头朝朱大鹏会心一笑。

那贼王甚是硬朗，伸手折断箭杆，任由箭头留在肉中，亦面不改色，从容地说："只怕他们杀红了眼，不听我号令。"

李文彪见他如此，倒起了惺惺相惜之意，和气地说："我敬你是条汉子，也不要你的性命。大家都是刀头舔血的人，不该自相残杀。"

贼王见李文彪以礼相待，容色稍缓，说："我们靠山吃山，向你要些买路钱，并不为过吧。"

朱大鹏见兄弟们跟山贼厮杀得紧，已伤亡不少，连忙向李文彪使眼色。

李文彪点点头，示意朱大鹏制住贼王，自己收起宝剑，说："你先叫众人停手。"

贼王哼了一声，拿起胸前的哨子吹几下，众山贼果然住手，愣愣地望向这边。见头目被抓，连忙持刀围拢过来。

"叫他们站在山坡下面别动，扔下刀剑。"李文彪高喝一声，见贼王照做，可山贼只是停住脚步，却并未丢弃武器。

李文彪暗想：山贼本是乌合之众，落入敌手的贼王未必还能制住手下。这些残兵若是不顾贼王安危，一起杀上来，倒也很难应付。他当机立断，朝贼王笑道："大王，我们路经宝地，无意冒犯。这样，小弟送你一百两白银，如何？"

贼王迟疑片刻，立刻明白了自己的处境，忙低声说："一百两，打发叫花子呢。你那车辙如此之深，藏了不少好宝贝吧？"

李文彪听他口气，暗叫不妙，两辆马车的隔板和手柄内，确实藏着不少打劫来的珠宝首饰。看来，山贼已摸清自己的底细，小气可过不了此关。他咬牙道："如此，再加价值一百两的珠宝。我再送你一个端茶倒水的丫鬟。"

贼王眼珠一转，知他"货"未出手，不会有多少现银，这个数差不多了，就说："你看到了，我这山上那么多弟兄，一个丫鬟怎么够，至少十个。"

贪得无厌的老狐狸。李文彪按捺怒气，伸出三个手指："三个。"

贼王摇头："七个。"

"四个。"

贼王见火候差不多，喊道："好，成交。"他通过哨音向手下传递消息，山贼们一听，不用厮杀便有利可图，纷纷放下武器，气氛缓和了不少。

朱大鹏他们始终手持长剑，控制着贼王。

为了及时退敌，李文彪只好被迫送出四个女子。他施展轻功，绕道去了湖对岸，找到了隐蔽在灌木中的马车。他一把拽开紧锁的车门，幽暗的月光宛若利剑射入漆黑闷热的车厢，少女们看不清来人的脸庞，如见鬼魅，纷纷发出恐惧尖叫。

"不想死，就闭上嘴。"李文彪低喝一声，示意手下，从马车里拽出几个少女，都是平日不服管教的。忽然间，他想起了小玉，这女人有了肚子，恐怕不好找下家，就便宜了那群山贼做现成老子吧。他狞笑着，示意手下抓住小玉的胳膊，把她拖出来。

阿怜赶紧拉住小玉，说："你们要带她去哪儿？"

李文彪笑道："带她去看大夫，保胎。"

阿怜哪里肯信他的鬼话，蓦地闻到李文彪身上的血腥气，知他刚跟人动过手。先前，她被脚步声惊醒，又被漏夜转移，她曾幻想是官军来救她们了。可眼见李文彪这副模样，来人定不是官军，很可能是山贼。想来他打不过山贼，要拿小玉去讨情。小玉这样一个娇怯怯的孕妇，落到山贼手里，哪还有命？不及细想，她扑到小玉身上，大声道："那我陪她一起去看大夫。"

李文彪一怔，努努嘴。他随从的魔爪滑过去，揪住另一个少女的衣襟，拖出马车，扔在地下。

"走吧，别哭丧啦。跟着山大王，吃香的喝辣的，有你们的好日子。到时

候,可别忘了,是我彪哥带你们出来的。"

车门又被锁上,黑暗吞没了车厢。小玉瘫倒在阿怜怀里,适才她吓得失禁,身下的裙裾都湿透了。

贼王摇摇晃晃站起来,看着手下们把珠宝和美女装入布袋,捆上马背。李文彪和随从们,眼睛一眨不眨地注视着他们的举动。最后一个伤员,也被抬上了简易担架,送上山去了。李文彪命令朱大鹏等人,押着贼王上了马,而他自己早跟随从们跨上了马背。山贼的武器就聚拢在脚下,说好,待李文彪等平安离开,山贼再回转取走兵器。而贼王则要跟李文彪他们一起走一段,才会获得自由。

眼见山贼的大部队已不见影子,李文彪立刻下令:"把那些武器丢到湖里。"几个随从即刻下马,靴子一阵猛踢,咣当咣当一阵响,刀剑纷纷掉到水中。

贼王大惊:"你!"

李文彪笑道:"防人之心不可无。你们那么神通广大,弄几把刀剑该不是问题吧。"说着,他一声令下,"走!"

众人沿着湖堤,向对岸全速前进。待到与马车会合,李文彪又带着贼王驰出一段,才下令,将他释放。

朱大鹏气道:"就这么放了他,太便宜他了。"

李文彪沉着脸,道:"这单生意,不容有失,且让他先快活几日。待到了长安,你想办法通个消息给官府,将这群山贼剿了。"他阴阴地望着来路,"留着他们,终是个祸害。"

因为害怕山贼追踪,李文彪等人又远兜远转,昼伏夜行,奔波了数日,才抵达都城长安。都城气象果然不凡,护城河既深且宽,城高墙厚,任你如何轻功了得,都休想徒手攀缘上去。颇有一夫当关万夫莫开的架势。城墙内外的驻兵颇多,旌旗似海、军营连绵,气氛慑人。城楼上,哨兵密布,剑拔弩张。

李文彪等人在城郊一个小茶馆后头的树林里扎营,并不急于进京。事实上，他那两车"货物"，也无法顺利通关。一行人虽风尘满面，却精神抖擞，刀剑不离身，全神贯注地守护着马车。

入夜，几辆装饰豪华的马车陆陆续续来了。一番讨价还价，车厢里的少女一个接一个地消失了。她们有的被卖入烟花之地，终日迎来送往，直到人老珠黄；有的被卖入富户为婢为妾；还有几个姿容出众的，会被运到其他地方，转卖出去。她们接下来的命运，李文彪丝毫不会放在心上。反正，他已经按照与长安某个捐客的密约，如期将对方需要的姑娘带来。劫来的珠宝也已陆续出手。待钱货两清之后，再扣除分给手下的开支，他可以净赚好几万两白银，比为李家做事赚得多得多。他对自己的精明算盘甚是得意，那夜山贼带来的不快，也慢慢消失了。况且，他知道，朱大鹏从不辱命。说不定，官军已在讨伐山贼的路上了。

如今，李文彪运货的马车里，仅有董星怜和宋小玉两个女子了。阿怜的绝世美貌不时撩动他的心弦，可他克制自己，不去玷污她。他时刻不敢忘记，主子李唐皇族交代的使命，要把这个姿色超群的美少女，完整无瑕地送去岭南山中，赠给那里的大首领——洗夫人的后裔。因为这个任务，李唐皇族才肯支持他足够的人马和巨额经费。而那个带着肚子的少妇小玉，是阿怜硬留下的，她倒是有情有义。也罢，李文彪思忖，路上也需要个端茶倒水的粗使丫鬟，这些粗活总不能让娇滴滴的小姐来干吧。

用迷香熏倒两位女子之后，李文彪和手下带着两驾马车，堂而皇之进京了。京城的美酒佳肴，和千娇百媚的烟花女子，只耽误了李文彪一个夜晚。翌日清晨，他便带着四个心腹手下，押着阿怜和小玉，一路南下，离开了声色迷离的长安城。

第7章

蒙尘明珠

豫州，刺史府。

这些日子，上官允儿终日泡在狄仁杰的书房里，陪他一起翻看浩繁如山的卷宗，以期将如此之多的线索理顺，寻出案件的突破点。女子装扮的上官允儿妩媚动人，一条绸带勾勒出曼妙的腰身，黑发垂顺，肌肤吹弹可破，那对流光溢彩的明眸，时常闪花了狄仁杰的眼睛。可她并非一般"头发长见识短"的无知妇孺，她缜密的头脑、对案件抽丝剥茧的分析，同样令狄仁杰折服。

上官允儿来到豫州之后，参与了近阶段的稽查、追踪和搜捕工作，狄仁杰组建的专案组算是小有收获。

在张光辅率军回朝前，上官允儿手持武太后的令牌，带着狄仁杰等，去军营中巡视一番，在个别军官营帐中搜出几个失踪的女犯。张光辅辩称这是那几个军官的个人行为，他对此全不知情。因为找不到其他女犯，也没有进一步的证据，上官允儿和狄仁杰只得同意，让张光辅以军法处置了那几个军官。可经过此事，武太后对张光辅的信任打了折扣，料他回朝再难掀起大浪。狄仁杰等更可放手办案。除此以外，狄仁杰加大了巡城力度，增加巡视人数，还号召百姓组成民兵队伍，全天十二个时辰轮值，这样一来，失踪女子人数大大减少了，还连带抓获了几个以保媒为名拐带女子的牙婆和捎客。豫州百姓一片欢腾。临近发生过叛乱的博州等地的百姓，因眼热豫州的安定盛况，不断迁来豫州生活。

然而，狄仁杰没有自满，董家惨案没有破获，董小姐和那些消失的女子还不知所终，尽管幕后黑手渐渐显露，但要找到证据和突破点，还路漫漫其修远兮。合上一堆卷宗中的最后一份，狄仁杰看看窗外，已是华灯初上，他听到自

081

己的腹中发出一阵响亮的咕咕声,尴尬地对上官允儿说:"特使大人,不如我们出去走走,找个地方,先祭一下五脏庙。"

上官允儿笑道:"不如就去我们相遇的那家酒肆,点几个小菜,喝一杯浊酒。"

狄仁杰道:"不知那店小二还认不认得我们。那天可打坏了他不少碗碟。"

"不打不相识嘛!"上官允儿一声娇笑,当真如银铃那般清脆动听。她来豫州的时日不短,协助狄仁杰参与过多次追捕和激战。她深感如此刺激危险的探案生涯,与宫廷中富贵却刻板的生活截然不同。探案和追捕犯人是迂回而不可测的实战过程,与宫里的纸上谈兵相比,时刻充满变数,稍有不慎,付出的便是血的代价,甚至是他人或是自己的生命。舞文弄墨惯了的宫廷女官上官允儿,爱极了自己的新工作,也喜欢自己一身劲装、英姿飒爽的新形象。当然,她也觉出了狄仁杰对她日益增加的好感。在宫里,因觊觎她的美貌、才华和地位而向她示好的男子并不少,可她总觉得他们身上缺了些什么,一直难以选定一个稳定的男伴。遇到狄仁杰之后,她感觉他的深沉、睿智、善良和正义凛然,颠覆了她以往对男子的印象。她不是一个不敢正视自己内心情感的女子,她相信自己长久以来终于第一次尝到爱情的滋味,她无论怎样都要得到那个坚毅果敢的男人,将他的身与心彻底征服。

出了书房,狄仁杰告诉长史,他和特使大人去街角的酒肆用膳。长史是辅佐刺史处理州事的下属官员,狄仁杰出门前,都会将自己的去向告知他,以防有紧急公务。

狄仁杰换下官服,陪上官允儿出了刺史府的后门,缓缓向长街踱去。上官允儿紧紧挨着他,晚风吹起,她身上散发出的馨香不时传进他的鼻翼,令他心神荡漾。

他俩第一次相遇的酒肆就在前头,生意似乎还不错,门口停着一排轿子,还有辆马车。

"不好!"狄仁杰心念急转:轿子歇在门口是惯例,可马车应该停到后院马厩边拴好,以免惊马当街伤害路人。这是他上任后定的规矩。还未等他示警,只听嗖嗖嗖乱响,马车里射出几支劲箭。

狄仁杰拦腰抱住上官允儿,就地一滚,一手已抽出佩剑,格开箭镞。此时,酒肆二楼跳出一个黑衣弓弩手,机括声响,一排箭镞向地上的两人疾速飞来。狄仁杰避无可避,挺胸护在上官允儿身前,一手挥剑抵挡劲箭,另一手扣住几把飞刀,向刺客甩去。

马车里传出一声惨哼,想是里头的刺客中刀。二楼的刺客身手敏捷,见一击不中,鹞子翻身跳下楼来,刚巧落在马上,随即一夹马肚,架着马车向城外跑去。

狄仁杰连忙扶起上官允儿,上下探视一番:"没有受伤吧?"

"没有,快追!"上官允儿情急之下,拉起狄仁杰,两人施展轻功追了上去。远远听到酒肆那边一阵骚乱。

刺史府有内奸,狄仁杰脑中闪过这个念头。

那辆载着刺客的马车被找到了,它没有出城,被遗弃在一个偏僻的巷子里。车里有摊血,两个刺客不知所终。

"看来是熟悉地形的人干的。"上官允儿勘察着马车,道,"他们怎知我们去那家酒肆吃饭?"

"刺史府必有内奸。"狄仁杰将心里的猜测说出来。

上官允儿气道:"你这么一说我就想起了,难怪上次我们去张光辅大营几乎一无所获。"

"别想了,先吃饭吧。"狄仁杰拍拍允儿肩膀,"这些交给裴行笕去善后吧。"允儿点点头。

裴行笕到达现场后,马上派人传信下去,勒令各县捕头追查凶徒踪迹。过了几日,许捕头来报:他的眼线看到了那天行刺的黑衣人。眼线一路跟着他俩,发现其中一人将伤者杀死后,脱下两人的黑衣,与尸体一起扔进了枯井。那眼线见对方如此鬼祟，便知不是好人，于是继续尾随，跟着那人来到一处偏僻的小院，停下，敲门。

许捕头卖了个关子："你道开门那人是谁？"

裴行俭摇头。

许捕头眉飞色舞地说："就是那个被杀的董一夫大人的爱姬——淳于芳。"

"如此说来，那人与董家惨案有莫大关联？"狄仁杰听了裴行俭的汇报后说，"那人可能与薛子仪有关。"

裴行俭说："我也这么想！可薛子仪跟着张光辅上京城去了。我猜不到，刺杀大人，是杀手自己的意思，还是薛子仪的授意。"

狄仁杰说："马上派人搜遍全城，一定要找出那刺客。我有种预感，只要抓到他，此案就有了突破口。"

裴行俭点头称是，又说，狄仁杰和上官允儿被刺那日傍晚，酒肆老板和店小二被两个黑衣人点了穴，扔在柴房，待案发后才被人发现。

上官允儿插口道："我和狄大人去喝酒之事，只有长史大人知道，他跟刺客定有勾结。我现在就去审他，不信问不出刺客的下落。"

狄仁杰刚想阻拦，裴行俭忙说："让她去做黑脸，大人做白脸，定能有所收获。"他有些愤愤然，"他们好狡猾，时间掐得刚刚好，就连客人都没惊动。当然，那是黄昏，没几个客人。酒肆的生意要入夜才兴隆。"他如此说，当然不是毫无根据。明珠的小酒馆，亦是入夜时分，才陆续有客人光顾。

天还没黑透，裴行俭便走进明珠的小酒馆。自打上次被狄仁杰撞破了他和明珠的好事，他便没再来过。其间，明珠多次找人捎信给他，他也硬着心肠，不加理会。今夜，他抵不住对她的思念，犹豫再三，还是走进了这个让他牵肠挂肚的温柔乡。

明珠正背对着柜台，用木勺将坛子里的酒分别舀进酒壶。近来，狄仁杰加紧了豫州城内外的巡防，在城外当差的官军下班后，为图省事，会在这必经

之路上的小酒馆里,吃个晚饭,喝杯酒水。托狄仁杰的福,她的生意倒是比从前好多了。

裴行笕轻咳了一声。明珠娇躯一震,倏地转过身来,见真的是他,眼圈蓦地红了,幽怨道:"冤家,原来你还认得来我这里的路。我当你忘了呢。"她去找他好多次,可不是给刺史府门口的官军挡驾,就是回说他不在府里。后来,她哀求熟识的官差给他送了几次信,却都石沉大海。

裴行笕连忙伸手抚她的脸,柔声道:"我不是故意不找你。只是,大人知道了我们的关系,觉得不妥……"

明珠推开他的手,冷笑道:"你这样对我动手动脚,难道就妥了吗?"说着,嘴一撇,忍不住落下泪来。见她这副模样,裴行笕知道,这无助的小寡妇对他动了真情。

"这里不是说话的地方,我们去里面说。"他四下看看,见没人进来,便走进柜台,拉住她的胳膊,把她拖到后面的厢房。他打算好好跟她谈谈:"我是敢作敢当的人,想过要娶你做妾,给你一个应得的名分。"

"真的?"明珠喜出望外,抬起泪眼看他,见他一脸诚恳,随即垂下眼帘,"我是什么身份? 不敢妄想高攀。不过,有你这句话,哪怕是在骗我,我也心满意足了。"

裴行笕拉她坐下,给她倒杯水说:"我有心收留你,可我的情况你也知道。我的正妻小玉下落不明,我若是现在还三心二意,不专心破案,真是枉为男子汉。"

"你的意思是要我帮你破案,找回妻子,然后看你们双宿双栖?"明珠因激动而涨红的脸突然变得苍白。

"帮不帮我,你自己决定,我不勉强。狄大人也说,破案归破案,绝不能让清白无辜的好人因为帮助我们而丧命。"说着,他望着她的眼睛,就像要望进她心里去。

明珠又是一怔,眼泪顺着脸颊一直滴到她的手背上。她捧起他轮廓分明的脸庞久久端详着，突然猛地放开他的脸，俯身抱住了他。隔着薄薄的衣衫，裴行俭感觉出她剧烈的颤抖，衣襟转眼被她的眼泪打湿了一片。他的身体倏地火热起来。可他努力直起身体，轻轻拉开她的胳膊，让她坐好。

"不行，至少，现在不行。"裴行俭抚着她的手，轻声说，"眼下，我必须找回小玉，她……她已经怀了我的骨肉。如果我继续跟你纠缠下去，我会内疚终生。"他垂下头，看得出在跟内心的欲望做斗争，良久，他脸上血色渐渐退了，"你是个好女人，你会懂我的。"

明珠被他的真诚打动了，她想，自己继续孟浪下去，只会招来他的轻视。她慢慢平静了，擦掉眼泪，望着他，小声说："我懂，我懂你。所以，我一直在留意织云观，终于被我打听到了一点东西。"

裴行俭眼睛一亮，急忙说："有什么线索？"

明珠说："跟董家惨案有关。你之前一直说，找不到突破口，我记着呢。"

裴行俭半跪在她面前，抓住她的双肩："你怎么不早告诉我？"

明珠横了他一眼，不快地说："我倒是要有机会说啊。你避而不见，我怎知道你是否嫌弃我这残花败柳，不愿再理我？"见裴行俭赧然，她也不愿他难堪，继续道，"我的妹妹，叫作翡翠，是织云观住持的贴身仆婢。"

"你妹妹？"

明珠幽幽叹道："咱们每次都聚散匆匆，也没跟你细细讲过我的身世。现在说给你听吧。我家就住在山里，爹爹是樵夫，一心想生儿子。母亲接连生了几个女儿，才得了个儿子。家里穷，养不活那么多孩子，把女孩子都半卖半送了出去。我被送给这家酒馆老板当养女，养到十四岁便嫁了义兄，日子还算好过。可几个妹妹就没我那么幸运了，大多被卖到了外地，只有翡翠被送到山上的织云观当道姑。

"翡翠小时候，织云观很破旧，没什么香火，在里头修行的道姑得做好些针线活甚至农活添补生计，才能勉强糊口。可自从玄机道姑接手住持之位，香火日渐兴旺，房子也盖了一进又一进，连带我这小酒馆的生意也好了起来。

我只道是玄机道姑经营有方,可每次问翡翠,她总支支吾吾。"

明珠给裴行笕续上茶,接着说:"后来,我听客人说,翡翠聪明伶俐,被住持收做了贴身侍婢。这下,我起了疑心。若翡翠是寻常道姑,我问她织云观经营之道,她不知情也是可信的。但既是住持的心腹,她如此敷衍我这亲姐姐,定是有不可告人的事。本来,这不关我的事,但自打我跟你一起,知道你有心调查织云观,便留了心,试探妹妹。说到底,都是女人,这事有多难打听呢?"她喝了口茶,又走到窗口看看,才继续道,"我对翡翠说,酒馆生意不好,想关了酒馆,去织云观出家,也好终身有靠。她不得已,才告诉我,织云观名为道观,实为烟花地。为免我这个姐姐堕入狼窝,她还说,玄机道姑有个大大的靠山,就是薛公子。那薛公子很有势力,谁也不敢得罪他。薛公子的一个家将,之前在一个大户人家杀人放火,还抢了一个大小姐,把她藏在观里,也没人敢管这事。"

"她有没有说,那小姐叫什么,薛公子的家将是谁?"裴行笕急急问道。

"你一听到大小姐就来劲!你老婆不是怀孕了吗?不可能是那大小姐。"

明珠杏眼一瞪,可见裴行笕一脸郑重,不敢再耍性子,说:"那家将,我记住了,叫薛祁山。"接着说,"这杀人放火的事,我听得是心惊胆战,腿抖得都站不住了。要不是为了你,我绝不蹚这浑水。"

裴行笕赞赏地拍拍她的手背,像是突然想起了什么,又问:"那大小姐,还在观里吗?"

"早就被卖掉了。"明珠很肯定地说,"不过,翡翠说,因为薛公子跟住持的关系匪浅,所以他经常留宿在观里。还有那个薛祁山,也是观里的常客。"

"他们把那大小姐卖到了哪里?翡翠知道吗?"

"这种事,住持不会让下人知道。"

裴行笕猛地起身,吓了她一跳。

"明珠,你这次立了大功,我会禀报大人,为你求得奖赏。"

明珠�’嘴道:"算了吧,只要你别忘了我这个苦命的人,就足够了。"

裴行笕心下愧疚,可他急于向狄仁杰汇报,匆匆抱了抱明珠,道声歉,便三步并作两步赶回去了。

第8章

情苗暗长

薛子仪进京一趟，与张光辅交割干净，又返家小住几日，便重回豫州山巅的织云观，探望玄机道姑。他冲动地抱起玄机道姑温热的身体，把她平放在卧榻上，俯身将脸深深埋进她的胸膛，觉出面颊被什么东西硌了一下，定睛一看，她胸前挂了条蛇骨链，上头拴着阿怜送她的挂坠。那挂坠倒也罢了，是他允许她收下的，问题是，他认得这条链子，这是薛祁山杀了董一夫之后，从他的爱姬淳于芳脖颈上抢来的，与在董家劫掠的其他财物一起，呈给了薛子仪。薛子仪见薛祁山不敢私吞财宝，好感大增，又知他留下了淳于芳在身边，便把蛇骨链赏了他，让他物归原主，去讨美人儿欢心。可如今，这条罕见的蛇骨链居然挂在了玄机道姑颈项之上，可见她与薛祁山的关系何等亲密。薛子仪才离开豫州半个月，此间就发生如此之多的变故，官府加紧了巡查追捕，而他的禁脔居然搭上了心腹家将。

见薛子仪发怔，玄机道姑以为他累了，便吩咐翡翠去温泉那边打点，要服侍他去沐浴，还吩咐下人准备好酒食，沐浴之后与他对饮。然而，薛子仪一直盯着她的蛇骨链，似乎对什么都提不起兴趣。玄机道姑是聪明人，立马猜到了原因，但遮掩已经太迟了。可她并不担心，她自感羽翼已丰，若是没了薛子仪，自是一种遗憾，可缺了他，她仍有生存的资本。

那根蛇骨链，成了薛子仪心中芒刺，他自此很少进玄机道姑卧房，尽管玄机道姑依然眷恋着他。至于如何处理薛祁山，他深感棘手，一想起薛祁山与玄机道姑在一起的场景，他便妒火中烧，可他也明白，薛祁山是他的左膀右臂，失了薛祁山，短时间很难找到这样忠心耿耿的好帮手。左右两难一阵子，他突然想开了，天涯何处无芳草？他有钱有闲，相貌英俊，本就是靠女人发家,又何必把一个中年道姑放在心上?就在这织云观内,随意找个小道姑也比那徐娘半老的玄机道姑好上百倍。就当丢块鸡肋给自己的狗啃啃吧。

薛子仪很快打上了翡翠的主意。翡翠自幼被送到观里修行,因为家贫,逢年过节没钱送来供奉,没少受冷眼,还不时挨打。如此长到十四岁,出落成一个貌美嘴甜的少女,灰扑扑的道袍亦难掩丽色。薛子仪早就看上了她,只是碍于玄机道姑的情面,不好意思下手。如今,他既已决心与玄机拗断,就再无顾忌,带翡翠出去吃过几次佳肴,又送她些首饰,她便乖乖投怀送抱了。她自是不及玄机道姑风情万种,可胜在年轻,滑溜溜的肌肤充满青春气息,令他爱不释手,天天溜入翡翠的住处鬼混。翡翠是玄机道姑的贴身婢女,并不接客,按规矩只能跟杂役仆婢们一样,住在道观西侧那排灌木后的平房里。薛子仪自然有权让她搬去舒适些的厢房,可他没这么做。因为道观外的平房不太显眼,方便他进出。尽管他对玄机道姑出轨一事大为恼火,对她亦兴趣不再,可终究顾念几分旧情,不想在她眼皮底下,把事情做得太过露骨,令她难堪。因此,他宁愿夜夜偷偷摸摸,潜入翡翠的小屋猎艳。

某夜,薛子仪在翡翠的服侍下用过夜宵,便在她的小屋里歇下了。他半卧半坐,双手枕头,眼睛望着天花板,目光闪烁,不知在想什么。

翡翠在热水盆里净手,眼角的余光却注意着薛子仪的动静:"公子爷,山下巡防又紧了,你在担心这事吧?"

"让他们忙活去,我担心什么?"薛子仪言不由衷地说。

翡翠擦干手,对着铜镜,用帕子擦擦鼻翼的香粉,拖长声调说:"从前,公子爷十天半个月连个影子也不见,现如今在这儿窝了半个多月啦。"

薛子仪腾地直起身来:"你倒是挺关心我的。说说,你觉得我该怎么办?"

翡翠笑嘻嘻地说:"哎呀,我是跟班儿,哪有本事出主意?唯一的本事,就是伺候人。"

薛子仪大乐,招手让她过来。她一扭身,挥挥帕子说:"这小屋里气味不好,我点上香吧。"说过,走到壁几边,开炉点香。

过不多时，青烟袅袅，甜香阵阵，薛子仪接连几个哈欠，只觉昏昏然困倦不堪，就势歪倒在枕上，等翡翠过来伺候。可翡翠又走回去，端起适才用来净手的铜盆，移步窗边，推开窗格子。薛子仪一激灵，坐起来："做什么？"翡翠掩口一笑道："倒掉残水。公子爷太紧张了。"

薛子仪又躺下，在床榻上松了松身子，叹道："都是那该死的狄仁杰害的。他整走了张光辅大人，又封了全城，巡城官军如此之多，我的买卖难做多了。"

翡翠宽了衣，躺到他身边，伸出玉手为他推拿着，一边轻轻地说："公子爷，那些见不得光的货，不是都出手了吗？如今，您做的是正当买卖，怕官军做甚？"

若依平日，以薛子仪的机警，立马就能识穿翡翠的试探，可眼下，他昏昏沉沉，又被翡翠侍奉得浑身舒泰，脑中的弦松弛了下来，顺口说："若是寻常买卖，倒是不必担忧。可张大人带不走的货，新近被我给接了——"他正想说下去，忽听门外一声轻响，像是谁踩断了枯枝，他即刻跳起来，推开翡翠，靴子都来不及套上，便向窗口扑去。可安息香麻痹了神经，影响了他的速度，身子还未完全离榻，三个人影便迅速从门口挤进来。来人正是狄仁杰、上官允儿和裴行笕。

薛子仪正想反抗，忽听得窗外窸窸窣窣一阵轻响，便知这小小的屋子已被一帮好手悄无声息地包围了，逃跑或是想搬救兵，都是休想。他内心一阵懊悔，若不是自己争风吃醋，离开了薛祁山的保护，也不至于落入敌手。如今，也只好见机行事了。

薛子仪不知道的是，狄仁杰等已锁定了薛子仪在刺史府的内应——狄仁杰手下的长史，此人贪财好色，薛子仪投其所好，赠送了几次美女财宝，他便透露了一些机密消息。为了自保，长史招出了刺客薛祁山的姓名和落脚处正是许捕头的眼线跟踪刺客最后找到的小院。由此可见，那刺客定是薛子仪派出的心腹薛祁山无误了。

就在这个傍晚，狄仁杰、上官允儿和裴行笕带人突袭小院。谁料，还未等众人靠近,便听小院里狗吠阵阵,似乎在提醒主人外边的异状。狄仁杰暗叫不好,马上示意众人破门而入。院里的几只恶犬龇牙咧嘴地冲上前,待狄仁杰等踢开恶犬,冲进房门,里头已空无一人,唯有桌上的饭菜还冒着热气。看来,薛祁山和淳于芳走得很匆忙。

"追!"狄仁杰一挥手,众人奔到小院后头。后头是块菜地,湿漉漉的泥地上有两排马蹄印,一直通往树林。狄仁杰等一直追进树林,循着蹄印疾跑了一里多路,有条浅浅的小溪拦住去路。过了小溪便是岔路,狄仁杰等分作两路,追了一阵,再也找不到薛祁山和淳于芳的踪影。狄仁杰估摸着,狡猾的薛祁山很可能带着淳于芳循着溪流逃跑了,便派了几个人继续追踪。而他自己则和上官允儿、裴行笕掉转头,马上去突击"夜访"薛子仪。

上官允儿不解道:"抓不到薛祁山,薛子仪大可赖掉所有的罪状,你这么做,只会无功而返。"

狄仁杰说:"薛祁山对薛子仪忠心耿耿,他逃跑后,定会想法通知主子,说我们已开始抓捕行动。如此,我们反而被动。因此,我计划反客为主,先去找薛子仪。"

上官允儿想了想,说:"你想引蛇出洞?"

裴行笕说:"万一他不上钩,一走了之怎么办?"

狄仁杰说:"不会。我赌他舍不得冒着风险得到的货。"

上官允儿眼睛一亮:"你是说,张光辅无法带走的女犯?"

狄仁杰微笑着点头:"薛子仪做事滴水不漏,他把女犯运回织云观,我们居然毫无觉察。现下,我就是要惊扰薛子仪,令他自乱阵脚,如此才会露出狐狸尾巴。"

在此之前,裴行笕已通过明珠,联络上了翡翠,得知薛子仪因玄机道姑之故,与薛祁山有了嫌隙,同时转恋翡翠。而翡翠在明珠的劝说下,愿意弃暗投明,转做内应。适才,她故意点燃安息香,令薛子仪神思恍惚,接着按照说定的,泼水为暗号,众人一见,便马上闯入。今夜,正是"夜访"他的最好机会。

为免薛子仪怀疑翡翠，一进门，上官允儿便施展点穴手法，将翡翠拍晕，置于床榻之上。衣冠不整的薛子仪虽遇骤变，依然看出男装装扮的上官允儿是个美貌女子，加上狄仁杰和裴行俭俱是寻常打扮，未着官服，也未蒙面，薛子仪一见，反倒定心了几分。他一拱手道："在下薛子仪，不知哪里得罪了几位朋友，还请指个明路。"

狄仁杰没有还礼，淡淡地说："在下狄仁杰。"

"哦?"薛子仪眉眼挑动，有些惊诧，随即横眉怒目道，"原来是狄大人，不知深更半夜，私闯民宅，是何用意?"

狄仁杰还未搭腔，上官允儿便厉声道："这是道观，不是薛家的私宅。薛公子既然来得，怎见我们就来不得?"说着，轻蔑地瞥了他一眼。

薛子仪语塞，不欲与她理论，盯着狄仁杰道："狄大人，深夜来访，所为何事? 该不是在下来此寻欢，也触犯了州府的法纪吧?"

上官允儿哼了一声："来道门净地寻欢，好不要脸!"

薛子仪向来被女子奉承惯了，几次被她抢白，再也忍不住了，冲她低吼道："这是织云观外，不是你所说的道门净地。"

上官允儿不服气，朝翡翠努努嘴："她不是道姑吗?"

薛子仪恼怒地说："道姑不是尼姑，不用削发，随时可以还俗。"

裴行俭见薛子仪被允儿弄得面红耳赤、方寸大乱，不由得暗自好笑，插口道："想不到堂堂薛公子，还有这'雅好'。"

狄仁杰咳了一声，顺势道："若是两相情愿，本府无权过问。可若是有人有违法纪，拐卖女子做不法勾当，甚至逼良为娼，那本府一定从重处罚。"

上官允儿不肯放过薛子仪，冷笑道："薛公子，听说你以买卖仆婢为业，相信那些仆婢不是拐来抢来的吧?"

薛子仪怒不可遏，一掌击中桌子，将桌角拍下一块来。

眼见目的已然达到，狄仁杰再不容上官允儿胡闹，一拱手，向薛子仪道："深夜叨扰，抱歉了。告辞!"说罢，手一摆，示意众人撤退。

薛子仪还在发愣，仿佛一拳打在了棉花上，茫然不知所措。他不知狄仁杰以非常手段深夜来访，又匆匆而去，到底意味着什么。过了半晌，他才想起来为翡翠解穴。他怎会想到，狄仁杰手下的专案组并未撤退，他们守在织云观周围，日夜监视着里头的动静。而朝廷那边，武太后也因为上官允儿的密报，下旨不许张光辅出京，以配合狄仁杰的行动。

接连几天，薛子仪一直都待在自己的厢房没有动静。裴行笕和上官允儿有些焦躁，担心薛子仪瞧破了他们的计策，一番努力白费事小，被他反咬一口事大。要知道，若是案情没有进展，张光辅一旦恢复自由，与薛子仪勾结起来，那就难办多了。

又过了一天，狄仁杰收到了密报。薛子仪主动与玄机道姑和好了，他去了玄机道姑的卧房，两人在里头商量了很久。翡翠偷听了他们的谈话，写在衣襟上，绑着石头扔到窗外，由埋伏在外的胖道姑捡了，送到刺史府。

玄机道姑眷恋着薛子仪，见他主动示好，喜出望外，毫不犹豫地重投他的怀抱。她知道目前形势吃紧，建议薛子仪飞鸽传书给李文彪，赶紧把董星怜处理掉，以免被狄仁杰抓住把柄。薛子仪打算照办。玄机道姑还提出，藏在织云观密室的女犯，也得赶紧出货。但薛子仪认为，密室如此隐秘，即便是观里的人出入，也要蒙着双眼，狄仁杰等人一时找不到。若真到了不得已的时候，就地掩埋，不留痕迹。

过了一天，专案组又送来截获的飞鸽传书。是薛子仪写给薛祁山的，示意薛祁山处理掉淳于芳，独自离开豫州，最好到外地躲个一年半载，待风声没那么紧了再回来。

这些新的线索，将整个案件的脉络，完整地拼凑起来，薛子仪的幕后主脑身份昭然若揭。众人都很高兴，唯有裴行笕闷闷不乐。狄仁杰注意到了这点，连忙走过去，低声道："若不是你的那位明珠姑娘相助，此案恐怕没那么顺利。你去看看她，转达我的谢意。破案之后，我可以将她们姐妹的功劳报告武太后，为她们申请嘉奖。"

裴行俭双眼放光,一把拉住他的胳膊:"此话当真?"

狄仁杰含笑点头:"不如大家一起出去吃饭,庆祝一下?"

裴行俭刚要答应,瞥见眉目含情的上官允儿不时朝这边看过来,连忙改口道:"我要去找明珠,让她早点高兴一下。"他使劲晃了晃狄仁杰的胳膊,兴奋地跑开了,心里说,我才不插在你们中间碍眼呢。

上官允儿见裴行俭跑开,急忙迎上来,眉开眼笑地说:"恭喜你,我的神探,这么快就让主脑和帮凶浮出了水面。"

"哈!"狄仁杰摆摆手说,"言重了,一天没有抓他们归案,没把董小姐她们找回来,我依然寝食难安呢。"他说的虽是真心话,可如此美丽的特使大人不吝溢美之词的夸奖,他心中自是舒坦至极。

上官允儿上前挽起他的胳膊,亲热地说:"我请你去喝一杯,庆祝一下。"她突如其来的示好,令他手足无措,他喉咙发涩,口干舌燥,憋了一会儿,才说:"还是我请你吧,尽管特使大人的俸禄远比我高。"

上官允儿噘起嘴说:"你瞧不起女子?"

"岂敢岂敢!"狄仁杰慌忙摇头,"我只是觉得,纵然女子如何能干,始终该由男子汉来保护。"

上官允儿满意地点点头:"看来,狄大人不只会破案,还挺会怜香惜玉呢。"她双颊泛红,眼中流光溢彩,深情地望着他,"只是不知,大人会不会怜惜我呢?"后面几个字越说越轻,几乎像蚊子哼哼。

狄仁杰的脸颊也腾地烧了起来,他自然明白她话中深意,心如小鹿乱撞,却强自按捺:"走,我们去喝酒吧。"

上官允儿默不作声,轻轻退后一步,将身子靠在墙上,闭上双目,娇躯微微颤抖。热血涌上狄仁杰的脑际,他这才发现,众人不知何时已悄然散去,只剩他和眼前的丽人两两相对。他不再犹豫,上前一步,搂紧她的纤腰,在她额头上轻轻一吻。她热情地反应着,反搂住他的脖子,送上丰满温柔的香唇。

第9章

魔域桃源

长安到岭南有千里之遥。虽说李文彪雇了马车给阿怜和小玉乘坐，可路远迢迢，终究难熬。好在李文彪等行走江湖多年，处处门儿清，健马轻车，行得飞快，阿怜和小玉一路倒未受什么风霜之苦。

　　这一路，李文彪对阿怜的顺从态度，感到很是满意。在旅途中，他已将此行的目的，有选择地告诉了她。

　　"别说大叔不为你着想，像你这样如花似玉的美女，只有富甲一方的大首领才配得上。我这是送你去过好日子。"

　　他并没有把此行的目的和盘托出，那就是他身负李唐皇族托付的使命，以赠送绝世美女为手段，拉拢岭南地区的大首领——冯、冼两家的第五代孙冯至代——与李氏通力合作，将武太后赶下台，夺回执政权。

　　出乎意料，刚烈的阿怜对他的安排没有异议，这让李文彪感到讶异，可他却更愿意相信，是他描绘的美妙前景吸引了阿怜。

　　事实上，阿怜自小就听博学的父亲董一夫提过有关岭南大首领的故事，尤其对女首领冼夫人心仪已久。听父亲说，冼夫人家世代为南越首领，部属超过十万家，习惯在山洞里居住。冼夫人从小智勇双全，既能行军布阵，又讲信用重仁义，得到族人的爱戴。冼夫人的哥哥南梁州刺史，仗着有钱有势，常常去侵略别的州县，冼夫人多次劝阻他，才慢慢平息了民众的怨愤，不少人因此归附了她。冼夫人的父亲去世之后，她代替父亲成为部族的大首领。梁朝大同初年，冼夫人嫁给高凉太守冯宝为妻。冯家三代都是高凉太守，可他们是北朝北燕王冯弘的后裔，在岭南属于外来人。岭南地区的俚人众多，并不服冯家的治理。冯、冼两家联姻之后，冼夫人约束本族，让他们学习中原礼仪，每当夫君冯宝遇到诉讼问题，冼夫人便帮助他一起，公平公正地审理。慢慢地，人们不敢再违抗冯家推出的政令。高凉冯氏家族影响力一直延续到了本朝，在他们的庇护下，冼夫人的后裔依然称霸岭南。而冼夫人亦被当地人尊为"圣母"。

阿怜暗想：冼夫人正直无私又受众人爱戴，她的后裔定然秉承家训家风，是顶天立地的男子汉。能有这样的夫君，也不辱没她这清白之躯。但是，还有个问题，就是小玉。她问李文彪："你打算怎么处置小玉？"

李文彪嘿嘿笑道："她眼看就要显怀了，送不出手啊。这样吧，我把她留下，等她生下孩子，再把她送给你做婢女，如何？"

阿怜斜睨着这无耻的骗子，心知暂时还不能跟他撕破脸，否则他发起狠来，把小玉卖了，她也无计可施，唯有智取。低头想了一会儿，阿怜突然抬头，捋捋鬓发，对李文彪妩媚一笑："大叔，你觉得我美不美啊？"

李文彪一愣，暗忖这小妞此言何意，一边笑嘻嘻地顺嘴说道："那还用说！你是国色天香，国色天香啊。"

"那你说，大首领会不会喜欢我？"

"那还用说！"李文彪瞪大眼睛，垂涎欲滴地望着她的俏脸，"想那山野之地，哪能见到你这样一等一的美人儿？嘿嘿，若不是要把你送给他，我怎舍得放手呢？"

阿怜忽然收了笑容，正色道："既然如此，等见到那大首领，我会求他给你银两，为小玉赎身，你认为如何？"

李文彪盘算着，若真是如此，那大首领定会认为他尖酸小气，得罪大首领事小，破坏了李唐皇族的计划事大。罢了罢了，既然舍了如此美人儿，多舍一个孕妇也没什么了不得。他手一挥，烦躁地叫道："行了，我的小祖宗，就依你，把她送你做个陪嫁丫鬟吧。"

某日，李文彪一行人终于入了岭南边境。李文彪打算找个小镇稍事休整，再进深山拜访大首领。入境时，遇到点麻烦，关卡的官军颇多，搜查甚是

仔细，见李文彪等五个粗豪汉子带着两个娇女子上路，颇是怀疑，立时要两位女子下车。李文彪见势不妙，把领头的官军叫到一边，亮出腰牌，说明去拜访冯家。其时，当地刺史依然由冯氏后裔担任。那小头目听李文彪如此说，又见他亮出李氏皇族的腰牌，哪还敢细问？连忙放手让行。而这一切，都被躲在车帘后偷窥的阿怜瞧见了。

她推推昏昏欲睡的小玉，悄声说："外面那个恶徒居然有宫里的腰牌，他是李家的人。"小玉因为怀孕，时常犯困。阿怜话语轻轻，可在小玉听来却如闻惊雷，她失声道："李家？李氏皇族？"

阿怜急忙捂住她的嘴，向外一瞧，幸喜李文彪等人不曾听到。她附到小玉耳边说："将我抢走之人，自称是太后的人，也带了腰牌，却跟宫里的两样。现在细想起来，那腰牌虽不是宫里的，却也不是假的。"

小玉用眼神问她："那是什么？"

阿怜松开手："或许是宗亲贵族的。"

"如此说来，干这掳人勾当的，不是江湖匪类，是、是——"小玉大惊失色，"那我们就任由他们，把我们送入魔鬼之手？"

阿怜把帘子拉开一条缝，望着漫漫前路，镇定地说："或许那并不是魔域，而是世外桃源。你想想，李唐皇族已坐拥天下，只因武太后掌权，李氏后裔便干出这种丧心病狂的豺狼之事。而冯、洗两家世代忠良，为善一方，虽说我要嫁的是汉人眼里深居山野的蛮夷首领，可远避深山也比与这些豺狼为伍要强上百倍啊。"

小玉紧紧贴着阿怜的身子，颤抖地说："那你的家仇，就此算了？"

"不！我要等待机会，跟仇人清算这笔血债。可眼下，我们必须冷静。"阿怜的一双秀目几乎喷出火来，语气却很平和，"李家人如此大动干戈，必有图谋。我猜想，他们如此巴结大首领，一定是想借他的兵力，对武太后不利。待我窥破关窍，再破坏他们的计划。父亲终身侍奉武太后，我亦会对太后尽忠。"

小玉若有所思："可太后，终究是个女子……"

"女子又如何？"阿怜正色道，"我对太后尽忠，并非出于对父亲的愚孝，而是因为武太后处理朝政井井有条，巾帼不让须眉。听爹爹说，当年，她修改氏族志，不以门第论人才，又用人为贤，大败来犯我朝的高句丽。太后堪为天下女子的榜样，我为她做些事，又算得了什么呢？"

"别想得那么远。眼下咱们自身难保，先脱了身再说吧。"小玉喃喃道。

走了几日，山道崎岖，人烟渐稀，李文彪等清早起来，一路疾驰，赶了十几里路，一行人到了一个小镇。吃过午饭，又上马赶路，才行了几里，忽闻蹄声响处，一人单枪匹马迎面而来，掠过身边，望了一眼李文彪的马车，绝尘而去。走了几里路，后头蹄声又起，仍是刚才那人拍马追了上来。

李文彪和朱大鹏都是江湖行家，心知有异，定睛细看马上之人，此人穿件葛布褂子，打扮非俚非汉，一双鼠眼滴溜溜打着转，从一行人身边掠过，疾驰而去。

李文彪一手下嘀咕道："这人怎的兜来转去？莫非跟咱一样，初来乍到？"

朱大鹏一紧缰绳，对李文彪道："待会儿若有事故，你押着马车先行，我来断后。"

其他人惊问："什么事？"

李文彪皱眉道："那人是探子。前头必有古怪。可咱们无路可走，只能勇往直前了。"

众人闻言，心中忐忑，放马慢行，又走了几里路，山道越发狭窄，眼前黑压压一片比人还高的杂草，几支响箭飞过，呼哨声声，草丛中蹿出一队人马，挡住前路。

朱大鹏拍马上前，抱拳道："在下携眷来此一游。几位朋友不知是哪条道上的，有何指教？"他武艺高强，在江湖上也略有名气，可重任在身，不敢强出头，只得低声下气，以礼相待。

为首的那个一身葛衣还算齐整，只是蓬头赤足，满脸泥垢，笑道："把钱都

拿出来。"他操一口山中土语，李文彪等人面面相觑，不知何意。

刚才那探子用汉语叫道："把银子都给我们，快拿来。"

李文彪蛮横惯了，见他如此叫嚣，怒从心起，持剑在手，喝道："大胆贼子，想要银子，先问问你爷爷的宝剑！"

那探子瞪他一眼，也不作声，勒马退后。前排两个贼人策马冲来，李文彪和朱大鹏摆出架势仗剑迎战，可对方只是绕了一圈，便退走了。他俩正暗自纳罕，只听扑通一声，己方一人已堕下马背，叫也不叫一声，登时毙命。其他手下吓得魂不附体，其中一个掉头便逃，一时慌不择路，连人带马掉下山去。朱大鹏一愣，见死者面容扭曲，肤色青白，唇角带血，想是中了剧毒，只是不知贼人使了什么古怪手段。李文彪和马车内的两女亦是满脸惊骇。阿怜暗暗叫苦，怕见不着冯至代却先落入这帮俚人手中。

那敌人并不归队，勒转马头绕着他们转一圈，掠过他们身侧时，听得嗤嗤两记轻响。李文彪只见蓝光一闪，两根暗器飞来，已射中马背上捆绑行囊的布带。不等他反应过来，对方一探手，接住包裹，哼了一声。转眼间，贼人作鸟兽散。

朱大鹏垂头丧气，无言以对。李文彪擦把冷汗道："贼人如此了得，咱们斗不过。保命要紧，破点财算什么。"三人忐忑地赶着马车，继续前行。

走了半天，还没找到地方打尖，眼看天色渐暗，忽见前方黄尘滚滚，那些贼人又回来了。李文彪和朱大鹏都脊背发凉，暗忖，莫非今天真要栽了？

转眼那群人已到了眼前，为首那个率先下马，单膝下跪，行了个非俚非汉的大礼，道："原来是贵人驾到，小人有眼不识泰山，还请别怪罪。"刚才那探子立马翻译了一遍，手捧包袱，还给李文彪。李文彪迟疑有诈，用眼神示意朱大鹏，朱大鹏会意，用剑柄挑着包裹，收了起来，心想回头再仔细检视。

为首那人道："小人是大首领手下的小头目，负责山中安防。偶尔也在路上弄几个小钱花花。请几位大人别见怪。大人若是早早亮出令牌，小人也不至于冲撞了大驾。"

李文彪一听翻译，立时明白，他们定是翻见包袱里的令牌，态度才如此转变。想那大首领冯至代，祖祖辈辈世代拥护朝廷。即便冯家和俚人首领冼家通婚之后，此地的刺史亦世代由冯、冼两家子孙沿袭。到了冯至代这一辈，也不例外。而李文彪手持的，正是李氏郡王的令牌。这群人既然是冯至代的手下，那么，见令牌如见李唐皇族，毕恭毕敬也不奇怪了。

为首那人见李文彪的脸色变幻不定，便说："几位来此，定是要去拜见大首领了，可与我们一道去。"

朱大鹏暗想：这群人心狠手辣，本领又高出己方许多，我们怎敢与敌同行？若让他们发觉随行还有两个美女，只怕更要坏事。他连忙推辞道："我等脚头慢，怕耽误了你们回去复命，还是自己走吧。"

对方道："贵客驾到，我们若不护送上山，被大首领知道，定会怪罪我们不懂事。尊驾还是随我们同行吧。"

朱大鹏还要推辞。那探子怒道："你这是信不过我们吧？"

阿怜在车厢里听得清楚，心知这种情势下，是非跟这些凶人们同行不可了，不由得忐忑不安。而李文彪心知俚人鲁直蛮横，虽说汉化已久，可终究本性难移。这儿前不着村，后不着店，要是惹恼了这帮地头蛇，可大大不妙。与他们同行，虽有危险，也只能走一步算一步了，且看他们的语气神色，倒也不像有加害之意，就说："既然如此，我们就恭敬不如从命了。"说着朝朱大鹏连连使眼色，示意不要再推托。

为首那个顿时眉开眼笑道："那再好不过了，贵人先请，我们断后。"

此时夜已昏沉，山路陡峭，越发难行。那为首的俚人叫人点起火把，还使人到前方开路，不一会儿，到了个勉强能称为村落的地方，找了家竹楼下榻。

那竹楼主人是个老头，上身裸着，下身用块葛布围着裆部，赤着脚，甚是瘦弱。他想是与这群人熟识，立刻打水做饭，杀鸡煮酒招待他们，忙得脚不沾地。李文彪见他服侍得殷勤，摸出块银子想赏他，可他拼命摇手，咿咿呀呀说着什么，想是些拒绝的话。

朱大鹏见状咯吱一声笑："还没见过有银子都不收的傻货。"李文彪横了朱大鹏一眼，示意不可胡说，以免惹来祸端。

阿怜见老头如此淳朴，倒是对俚人生出了好感，对未来的恐惧也淡了几分。小玉跟阿怜形影不离，自打阿怜阻止李文彪卖她那天起，她便不自觉地将阿怜视作了保护神。

两帮人酒足饭饱，在竹楼歇了两个时辰，连夜赶路，待天色微明时，已入深山腹地，接近俚人聚集之地。只见沿途老弱妇孺络绎不绝，都是往山中去。众人均是葛衣赤脚，有的背着竹篓，有的捧着瓦罐，蓬头垢面，神色却很雀跃。这些人与那帮俚人大半熟识，见了面便高声招呼。李文彪和朱大鹏抱定不管他们闲事的宗旨，见他们搭讪，便带着手下，押着马车，远远落在后头，可听那些人越说越起劲，又朝这边指指点点，不禁隐隐担忧起来。

李文彪心道：不知他们在说些什么？莫不是先哄我们上山，再制住我们，众人一起哄抢我们的财物？可若是如此，刚才又何必惺惺作态，将财物还回？直接杀了我们，反而清爽。心神不定之际，也不知如何向朱大鹏示警。

待天色大亮之后，众人到了一个寨子里。为首的俚人将李文彪等人安置在一个石洞里。石洞很大，里头山风习习，甚为凉爽，地上铺着些干草，想是兼做床铺和座椅。李文彪等见环境简陋，大为不满，可初来此地，不敢抗议，只得入乡随俗。片刻后，突然跑来一个人，咿咿呀呀喊了几句。跟进石洞的俚人们马上跑了出去，而那领头的俚人满脸堆笑，一把挽住李文彪的胳膊，做了个请的手势。

李文彪命令朱大鹏留守洞中，看着阿怜和小玉，自己带着另一个手下，随那领头的出了石洞。只见一群群俚人夹道而立，伸颈探头，像是在等待什么。不一会儿，远处传来哼唷哼唷声，土路尽头，十来个壮汉两人一组，扛着大鼎，往这边来了。待那些扛鼎的壮汉过去，后头又走来一群手持弓弩的精壮男丁，拥着个三十来岁的高大汉子，他身材魁梧，穿一套葛布衣裤，膝盖手肘处都已擦坏，脚下赤足，穿一双草鞋，腿上满是泥垢，像是个樵夫模样，可头脸倒还干净，乌黑的散发随意地披在肩上，只在额际束了条布带。他身后跟着两个人，一个长须老者，慈眉善目，像个师爷。另一个才十来岁，身材壮实，面容黝黑，眉目间杀气腾腾，该是保镖之类的人物。

那高大汉子见众人站在路边迎接，急忙招呼随从加快脚步，走上一块高地。此时，俚人从四面八方拥过来，数量越来越多，他们用树枝或者石头敲击着手里的瓦罐，嘴里发出呵呵的声音。

此时，李文彪赫然发现，朱大鹏和阿怜他们也在人群里，面露惊惶之色，想是被俚人从洞里赶出来的。可他不敢轻举妄动，脸上的肌肉绷紧着，暗暗心惊，原来这深山之中，竟聚集了这么多人。他可不敢随意招呼同伴，若是稍有不慎，身边这么多双手足以把他撕成碎片。

李文彪伸长脖子看时，只见那高大汉子指挥随从将大鼎一字排开，倒入清水，点上柴火，过了一会儿，香味扑鼻，想是煮了什么吃食。众俚人发出一阵欢呼，排成几队，鱼贯上前，有人用长勺伸进大鼎，舀出糊状的食物放入他们自备的瓦罐等容器。

这倒像是中原的大善人给贫苦百姓施粥。李文彪正暗暗猜想，刚才那个为首打劫的俚人突然跳了出来，指着李文彪，向那高大汉子高声叫着什么。高大汉子身边那个师爷模样的老者，带着几个人走上前来，操着汉语，向李文彪问长问短，盘查一番，又向他要过令牌，拿去呈给那高大汉子。李文彪见他们如此仔细，暗叫好险，若是遗失了这令牌，想是早已死无葬身之地了。又过了一会儿，那个说汉语的老者，快步走过来，携着李文彪的手，来到那高大汉子身边："远道而来的贵客，请来见见我们的大首领。"

李文彪直到此时，才知那不骑马不坐轿的高大汉子居然就是冯、冼两家的第五代孙——俚人的大首领冯至代。冯至代向他点头行了个礼。他那不同于中原贵族穷奢极欲之风的简朴装扮，和平易近人的态度，都落入了站在不远处的阿怜眼里。朱大鹏见主公搭讪上了大首领，连忙押着二女靠拢过来。

冯至代会说汉语，得知李文彪千里迢迢赶来此地，只为拜见他，大为感动，将他们邀请进了自己的住处——山顶的一个石洞。洞里几块大大小小平整的石头上，铺着树皮，料想是冯至代起居坐卧之用。阿怜瞥见了，又是一阵感慨。而李文彪等怕触人所忌，哪里敢多看，赶紧坐了下来。俚人很是好客，送来不少鲜果美酒和肉干，十分美味。阿怜津津有味地吃着，一边静听他们的谈话。

冯至代先问李文彪一些关于李唐皇族近况，李文彪照实说了若干，又端起木碗，敬了冯至代几碗酒。酒过三巡，见冯至代兴致很高，李文彪立即把阿怜拉过来，推到他面前，说："本次我奉主公之命，将此绝色美女赠给大首领为妻。冯冼一族世代效忠朝廷，主公希望大首领能在这非常时刻，与我族携起手来，共同抗击牝鸡司晨的武氏妖后，以重振朝纲。"

冯至代看了阿怜一眼，眼神还是淡淡的，看不出是喜是怒。过了一会儿，他轻轻点了点头，举起了手中的美酒。

这是阿怜第一次听李文彪说出此行的真正目的，然而，她已毫不惊奇。一路上，她无数次地将各种线索拼接在一起，大致地拼凑出了事件的全貌。她几乎可以确定，抢走她并将她卖给李文彪的那伙人，与李氏皇族亦有隐约的勾连，而他们并未将自己真实的身份告知李文彪。正如李文彪也未将此行的目的告知那伙人。她在心里冷笑起来，她知道这一点可以好好利用，虽然，她还没有想到该如何利用，但她发誓，一定会给这些仇人致命的打击。

李文彪等在山中住了几天，日日有个会说汉语的仆人端来饭菜，好吃好喝伺候，而阿怜和小玉住则在另一个山洞里。某一日，来了几个村妇，将阿怜和小玉带走了。李文彪和朱大鹏偷偷议论，不知那大首领打的什么主意，怎的带人走也不事先知会一声？

次日，李文彪等人睡到日上三竿，起身用过午膳，在山中漫步，只见到处都是喜气洋洋的俚人。李文彪住的时日虽短，可多少懂了几句土话。他刻意留意听他们交谈，连蒙带猜，听出像有什么好事发生。

到了夜晚，忽听鼓声隆隆，不久，那个仆人走进洞来，说道："大首领请爷去圣母庙观礼。"李文彪跟他出去，朱大鹏等人也想跟着，仆人摇摇手，说："两位，请早些歇息吧。"

李文彪跟着仆人穿过一片树林，向另一个山头走去，一路都有人把守，盘查甚严。山路难走，幸而两人都身怀武功，不一会儿便到了山顶。山顶疏疏朗朗有几间木屋，坐北朝南，似是庙宇模样。李文彪走近一看，见木屋的横匾上挂着"圣母庙"几个字，屋顶居然设有精美的"龙凤呈祥"雕塑，檐下是成排灯笼，两侧双龙盘柱，大门两旁有对联，还记载着冼夫人的历史功绩。李文彪心想：这定是供奉冼夫人的太庙了。

随那仆人穿过前堂，李文彪见院里陈列着汉族的农耕器具，想是冯、冼联姻之后带进山来的。院中央还拢着一堆柴火，不知作何用处。来不及细想，李文彪已被带到大殿，但见门槛内外黑压压地挤满了俚人，总有上万之众。李文彪暗暗猜测，这许多人聚在此，究竟有何盛事。他抬头看时，见殿中塑着一座神像，背后有一幅麒麟吐珠的彩画，冼夫人生前的坐骑——白马将军像亦供奉在庙内右侧。

"圣母的金身是专门从长安定制的。"仆人轻声道。李文彪满腹狐疑，但见人人面带喜色，却悄然无声。稍停，那师爷模样的老者走到神像边，点烛执香，高声喊道："点火！"又用汉语喊了一遍。殿上黑压压的人群，顿时让出一条通道，众人一齐望向院中。院里有个巫师拿起火把，点燃了院中的干树枝，顿时火光冲天。院外四个壮汉抬着一顶滑竿缓步而入，那滑竿上坐着个俚人打扮的艳装少女。李文彪定睛一看，滑竿上那少女赫然就是阿怜。

就在昨晚，大首领便使人告知阿怜，第二天会在冼夫人的神庙里举行婚礼，正式迎娶她过门。一大早，阿怜就被唤醒，一群女仆为她精心装扮起来。她的垂髫被拆散，打成卷披在肩上，装饰以鲜花编织的花环，花环边插着雄鹰的羽毛。女仆们用木炭给她描眉，用火红的花瓣榨汁给她涂唇染指甲，给她穿上葛布的衣裙，再给她戴上银项圈银手镯。接着，一个说汉语的年长女仆，

给她讲了俚人婚礼上的礼数。小玉本想陪着阿怜出嫁,可女仆说,怀有身孕的女人,不适宜出席婚礼,她也就作罢了。一想到要独自出嫁,且嫁给异族人,阿怜不免有些忐忑,可小玉不住地鼓励她,她也重新鼓起了勇气。

天渐渐黑了,一顶滑竿将阿怜抬到了圣母庙。阿怜见院中火光一起,便知吉时已到。她冲着那火光悲凉一笑,感到心中空空荡荡,脊背冒出冷汗,可她强振精神,硬撑着端坐在滑竿上,那靓丽冷艳的风姿引起了众人一阵欢呼。

婚礼正式开始了。抬着阿怜的四个壮汉,光着脚从火堆上跑过,这是"过火山",寓意"事事顺意"。阿怜过完"火山"后,俚人们纷纷拥过去,在灰炭边烤手脚。阿怜听女仆提过,据说"火山灰炭"有奇效,可以保佑身体健康,还有人会将燃尽的灰炭带回家,据说可以辟邪驱走霉运。

接着,鞭炮声四起,大首领冯至代越众而出,将阿怜扶下滑竿,带到神像前,点烛持香,高声说着什么。众人一见,马上跪得黑压压一片。李文彪无奈,只得跟着跪下。冯至代领着阿怜跪拜行礼。乐师打起了鼓点,巫师曼声吟唱,阿怜一句都听不懂,却感受到了这婚礼的神圣意味。

李文彪自然也听不懂巫师在唱些什么,却隐隐不安起来。他怎么也未想到,出身蛮夷的大首领冯至代,会如此重视阿怜这个"礼物",不但明媒正娶,还举行如此隆重的婚礼。若是阿怜向冯至代吹吹枕边风,诉诉一路的苦楚,料想那冯至代不敢跟李家作对,可难保不迁怒于他李文彪。反正,李家交代的任务,他已完成,还是先回去避一避,等过一阵子,探探风声再说。一念至此,李文彪趁四下无人注意,慢慢抽身出去,脚底抹油跑回了住处,带上朱大鹏等人,匆匆不告而别了。

那冯至代得了阿怜如此标致的美人,欢喜得一夜没有安睡,翌日又忙着招呼前来贺喜的人,没工夫理会旁的事。待到夜晚,众人纷纷下山散去,才回到洞房里,点了红烛,设了竹椅,请阿怜坐下,与她细细谈心。

阿怜听冯至代用生硬的汉语说着族里的规矩,不知回答什么才好。趁他转身去端酒,乏力地坐到地上的草垛上,内心的空茫和慌乱才减弱了些。这时,她闻到了汗水和烟草的气味,知道丈夫凑了过来。她接过他手中的木碗,喝了几口当地的土酒,很快有些微醺,觉得火光幽暗的石洞有些压抑,心头却猛地蹿起一股冲动,突然道:"夫君,李文彪呢?"

冯至代环住她的纤腰,说:"刚才师爷来报,李先生带着随从自行走了,想是我怠慢了人家,他不高兴了。下次见面,一定向他赔不是。"

阿怜听李文彪已离去,感觉好多了,凌乱的思绪也趋平静,看着自己穿着草鞋的赤足,飘忽不定的主意忽地也拿定了。她冷笑道:"我看他是心虚,才逃走的。"

冯至代道:"不是他护送你上山来的吗? 你怎会如此说?"

看来,丈夫果然一无所知。阿怜心头一松,将一切说出来的决心更为坚定。她哀怨地看了他一眼,泫然欲泣道:"他是个无恶不作的魔头,我是被他买来的……"

冯至代身子一颤,不由自主地松开她,好像努力回想着什么。

阿怜忽地跪倒在地:"夫君定要为我报仇!"唬得冯至代手忙脚乱,赶紧还礼。

虽然相处时间甚短,可阿怜看得出来,冯至代是个善良朴实的至诚君子,值得托付终身,便将自己的悲惨遭遇向他和盘托出……她一连说了几个时辰,说得唇干舌燥:"还有小玉,她已身怀六甲,可那些贼人还不放过她。"

僵坐在地的冯至代呆呆地望着阿怜,觉出她变成了与娇羞的新娘全然不同的姑娘,一片灰色迷雾渐渐笼罩在他的心头。他又多看了阿怜一眼,若有所思地点了点头……

第*10*章

荒野遇袭

在路上奔波数日，狄仁杰与上官允儿到了洛阳。除却首都长安，东都洛阳便是天下第一大城，因了武太后的偏爱，繁华奢靡更胜一筹。两人在驿馆住下后，便去拜访洛阳府尹许玉明。一问之下，却知府尹去了长安述职，至于何时回来，府里的人也不知情。上官允儿大怒，狄仁杰想拉她出去查案，也全无心绪，只坐在驿馆里发闷。

过了一日，她又把洛阳府少尹迟仲谦喊来，询问府尹行踪，迟仲谦茫然不知，说长官的事，下官那里清楚。允儿恼了，说："我是女皇特使，奉命追踪案犯下落。你们如此怠慢，耽误了办案，该当何罪？"

迟仲谦笑道："府尹大人临行前吩咐下官协助二位大人查案，下官定当全力以赴。"满脸堆笑的他眼神飘忽，一看便知只是敷衍了事。他代替府尹许玉明处理的公务已经够繁杂的了，哪有心思配合狄仁杰他们查案。若是县里来办事的公差就是另一回事了，他们有大把银子进贡，而眼前这两个干劲十足的青年官员，恐怕还得要他倒贴哩。

"这还差不多。"上官允儿撇撇嘴。

迟仲谦也不计较，叫来一个师爷，示意他备了笔墨记录，转头对他们说："大人请讲。"

狄仁杰将李文彪等案犯的情况简要说了，特别提到，他们最近接到线报，说李文彪一伙儿潜入了洛阳。他闻讯跟特使上官允儿一起来到这里，希望洛阳府配合他俩，将李文彪等人一网成擒。

上官允儿继续道："据探子回报，李文彪等的活动范围主要在樱花楼一带，我怀疑那是薛子仪的秘密产业。不过，那儿是烟花之地，品流复杂，我不方便出面,还请迟大人调遣人手前去侦查。"

迟仲谦闻之一愣,暗想你一个大男人,逛窑子有何不便? 不由得多看了她几眼。

为了出行方便,允儿一身男装打扮,又是为当朝太后办事,行事做派颇为霸气,迟仲谦一直将她误认为男子。直到此时,他细细打量之下,才发觉她玉颊樱唇、秀眉凤目,居然是个美貌佳人,心态自然跟先前大不一样,连忙拍胸保证道:"此事包在下官身上。特使尽可放心。"

上官允儿久居深宫,自小对这类目光特别敏感,鄙夷之心顿起,不禁哼了一声。

出了洛阳府,狄仁杰和上官允儿骑马并驾齐驱,穿过洛阳最为繁华的杏花大街,经过逼仄偏僻的穷街陋巷,来到樱花楼所在的东城区。这是洛阳城娱乐行当的聚集地,充斥着各色青楼、赌场、饭馆和烟馆,是有钱人的销金窟,也是冒险家的乐园。

狄仁杰和上官允儿在距樱花楼一个街口处下了马,拴好,向樱花楼走去。夜色迷离,正是烟花地生意最火爆的时候。上官允儿一边避开往来的行人,一边低声对狄仁杰说:"洛阳府这班人只知敷衍塞责,靠不住。咱们不要他们帮忙,自己上阵,露两手给他们看看。"

狄仁杰笑道:"特使大人的意思,下官怎敢不从? 但还是要小心为上。"他悄悄看了看四周,低语道,"待会儿我先进去探风,你守在外头。"

允儿低声笑道:"你要撇下我,独个儿找那些美貌姑娘,我偏不许。"狄仁杰一笑,不去理她。说话间,站在樱花楼门口拉客的姑娘们已瞧见了他俩,一个浓妆艳抹的姑娘笑嘻嘻地走过来,目光在两人脸上一瞟,上前挽住了狄仁杰的左臂:"这位爷,看着面生得很呢,没来过吧。我叫荷叶,您里边请。"

一阵劣质香粉的味道钻进上官允儿鼻腔,熏得她忍不住打了个喷嚏,她自忖招架不住这些烟花女子的热情,急忙闪入墙角,冷眼查看。

狄仁杰跟着这个荷叶姑娘进了樱花楼,他不忙进房,而是在青楼待客吃

花酒的花厅里坐下,叫了几碟小菜一些鲜果,满满当当摆了一桌,邀荷叶共饮。

荷叶见狄仁杰初来乍到,对她出手便如此阔绰,喜不自禁,稍稍喝了两杯,话便多了起来。狄仁杰见火候已到,便拿话试探她:"荷叶姑娘,你们这儿有没有新来的姐妹呢?"

荷叶一愣,嗔道:"哟,大爷,我这儿的凳子你还没坐热,就起了别的念头,也太伤我的心了。"

狄仁杰连忙说:"美人盛情,小生怎会辜负。不过——"他故意卖了个关子,见对方面露好奇之色,才低声说,"实不相瞒,小生也是做这行的,无奈手头的货色平庸,想劳烦姑娘给介绍些新货。你知道,客人总想尝个新鲜……"说着,掏出两锭银子塞进她的衣袖。

"看你斯斯文文,原来是个挖墙脚的。"荷叶瞄一眼装着银两的衣袖,冷不防伸出素手戳了他一指头,嘻嘻笑道,"你这号人我见多了,可像你这么俊俏的却是少见。"

狄仁杰听她口气,知道有戏:"看来我是找对人了。有劳姑娘相帮,小生定会重重酬谢。"

荷叶咬着下唇想了一会儿,说:"我有个熟客,能满足你的要求。我把他约出来,你明儿这个时候到樱花楼后头的树林里等我们。"

狄仁杰大喜,站起来深深一揖道:"那就多谢姑娘了!"

"嘿嘿,事成之后,你可别忘了我。"

狄仁杰诺诺应着,与她推杯换盏一番,将她灌得半醉后,便脱身出门找上官允儿商议。方才上官允儿一直躲在距离樱花楼大门不远处的街角,观察着里头的动静。见狄仁杰出来,连忙现身。

把上官允儿带回驿馆后,狄仁杰将刚才的情况说了,问允儿道:"依你看,这个女人说的话可信吗?"

上官允儿笑道:"我认为可信。自古婊子爱俏,一见你这样的美男子,还不抢着讨你欢心？若是骗你，便再也得不到你的垂青啦。"狄仁杰脸一红，道："你如是说，我倒是不好意思去跟她接头了。"上官允儿忙说："我跟你开玩笑的，别当真嘛。为了破案，你做些牺牲也是值得的。"

狄仁杰假意板起面孔："好啊，原来你有私心。"

上官允儿斜睨了他一眼，娇嗔道："那也是为了我们的将来。"

狄仁杰一愣，旋即明白过来。此时他与上官允儿的感情已一日千里。可依武太后的脾气，绝不允许派出的特使与臣子私相授受，若要武太后恩准他和允儿的婚事，非得立下大功不可。所以，上官允儿才不惜代价，期望早日侦破此案，一方面是为寻回董小姐和失踪的女子们，另一方面亦是希望能与他长长久久。念及此，他有些许感动，不由得揽住上官允儿的肩头，轻抚她的粉颊，给予温柔的安慰。

上官允儿贴着他厚实胸膛喃喃地说："此事不要告知洛阳府，一来他们不是真心助我们，二来我也不希望功劳被其他人分走。"

狄仁杰一怔，隐约感觉哪里不妥，可上官允儿坚持，他也就罢了。

第二天，狄仁杰依约来到樱花楼后头的树林，等了约莫一炷香的时辰，荷叶匆匆忙忙地跑来了，一见他便连连致歉道："让你久候了，都怪一个新客人拉着我不让走，耽误了一会儿。"

狄仁杰摆摆手道："没关系，你约来的人呢？"

荷叶扶着额头说："瞧我这记性！那客人说，这树林人来人往，不方便谈事，让我们去北边的山神庙里见面。我们赶紧走吧，已经迟到了。"

狄仁杰随着荷叶一路向北，这时已是子夜，月色如水，道路越走越狭窄崎岖，再行一会儿，是个乱葬岗。狄仁杰心头讶异，不知对方约他们来此荒僻之地，有何用意。

施展轻功跟在后头的上官允儿也寻思，难道是个圈套？可她艺高人胆大，暗忖以她和狄仁杰的身手，对方断然占不了便宜。可她不熟悉地形，不敢跟太近，怕被隐藏的敌人发现，只得伏在离他们百步之遥的一块大石头后面，

静观其变。

上岗走了十几步，荷叶带着狄仁杰走到一丛野草边，停下，从怀里掏出火折子，点上，对着东北方向挥了几下。于荒野乍见这点星火，狄仁杰心中一股凉气直冒上来。

暗夜中，耳朵特别灵敏，他听得暗夜中几股风声破空而来，不禁大叫一声，推开荷叶，同时就地一滚，矮身躲过飞来的暗箭。

荷叶重重倒在那丛野草中，狄仁杰怕敌人再施暗箭，不敢起身，迅速爬到她身边，只见她双目无神，脸上罩了凄冷的白光，出气多进气少，眼看是不成了。她不会武功，尽管狄仁杰将她推开，可依然有支箭镞射中了她颈窝要害。

狄仁杰知道，荷叶迟到令对手起了疑心，不惜杀人灭口。他赶紧托起她的身子，她的身子渐渐失去温度，生命正一点一滴流逝。他不敢耽搁，凑近她耳朵，轻声说："是你那熟客杀了你。他叫什么名字？我会帮你报仇。"

荷叶气息微弱，断断续续地说："彪……彪爷。像是姓李。"

"他住哪里？"

"樱花楼……翠妈妈是他的……"她头一歪，在狄仁杰怀里断了气。

狄仁杰还未及放下荷叶的尸首，两道黄光已由他头顶攻至，他就地一滚，抽出藏在腰间的软剑奋力抵住攻来的双刀。那偷袭的两人见他身手如此迅捷，都不禁暗暗咂舌。

上官允儿待要发暗器相助，但见三人斗得激烈，进退趋避，迅捷无伦，也不敢插手，怕误伤了情郎。

三人斗到酣处，忽然当的一声，一把刀被狄仁杰的软剑削去一截，那人也不惊慌，袖子一挥，袖口中飞出一个暗器，噗的一声，在狄仁杰面前散开，化成一团蓝色的烟雾，此时月光清冷，映射之下，更是诡异无比。

狄仁杰只觉眼前一黑，瞬间天旋地转，失去了知觉。

一阵风来，藏在下风方向的上官允儿顿觉头晕目眩，便要晕倒，连忙闭住气，暗自调息，眼睁睁看狄仁杰被歹徒架走，亦使不出力来。

不知过了多久，狄仁杰幽幽醒转，发觉自己躺在一个黑漆漆的木箱里。他动了动，觉出手脚灵便，想是敌人以为他中毒甚深，不会如此快醒来，便放松了警惕。突然，他听到外头有人在说话。

"彪哥怎么还没来？这荒郊野外，守着这么个东西，汗毛都竖起来了。"

"嘿嘿！咱干得本就是刀头舔血的买卖。你跟着彪哥才过了几天好日子，怎就胆小起来了？想想那到处是虫蛊的岭南山区，这儿比那儿可好多啦！"

"那倒是。唉，一想到那么漂亮的小妞儿，给个野蛮酋长当老婆，我这心里就不是滋味。"

"那么美的女人，就是留下来，也轮不到你我享用。彪哥不是说了，用一个美女换来那些俚人对咱李家主子的支持，很划得来！只要李家不倒台，咱俩就还能跟着彪哥吃香的喝辣的，以后还愁没有漂亮妞儿？"

彪哥、彪爷，莫非就是李文彪？嫁给酋长的漂亮妞儿难道是董星怜？狄仁杰的大脑飞快转动着，终于有了董小姐的下落，这个案子也有了一线曙光。

狄仁杰四下摸索一番，觉出这是口棺木，不由得后悔自己的大意轻敌，若不抓紧离开这里，等那"彪哥"一来，就难办了。他决定速战速决，伸手托住沉重的棺盖，用力向上一掀，咣当一声响，纵跃出棺木，顺势将棺盖踢向敌人。

一歹徒避让不及，被扫中胸口，狂叫一声，口吐鲜血，倒地昏迷。另一歹徒倏地跃起，避开袭击。

狄仁杰哪容他反应过来，瞬间甩出三把飞刀，呈品字形射他要害。那人躲避不及，中刀毙命。

狄仁杰趁机跑出停着棺木的破庙，几匹健马已然驰来。他弯腰沿着断墙跑向庙后的树林，可听得马上之人连连呵斥，想是发觉他已杀敌逃跑，便沿路追了过来。

狄仁杰轻功不弱，几个起落就把他们甩在身后。可跑了一会儿，他便觉头晕眼花，气息不甚顺畅，情知是余毒未消，若是再疾奔，势必会闭气晕厥，只

得放缓了脚步,如此一来,片刻之间,身后敌人已近。

正在这千钧一发之时,前方的林中蹿出一匹骏马,一个女声高喊:"上马!"狄仁杰略一怔,骏马已飞身上前,在他身边打了个转,他不及细想,发力跃上了马背。

骏马脚力强健,奔入树林不一会儿,便把敌人远远甩在了后头,连那呼喝辱骂之声也渐行渐远。

那马上女子正是上官允儿。她中毒尚浅,很快调息均匀,就沿着敌人的足迹追了过来,她念及狄仁杰中毒之后脚步放慢,便沿途抢了匹骏马,不想恰好派上了用处。

"你还好吧?"她关切地问。

"回去调息一下就没事了,幸好不是剧毒。"狄仁杰苦笑道,"不过,此行收获不小。董小姐很可能被送到了岭南山区,像是嫁给了冼家的后裔。"

"那些俚人?"

"是的。"

"那就难办了。"允儿说,"俚人虽臣服于朝廷,可向来实行自治。董小姐成了酋长夫人,要救她是难上加难。弄不好,会引起俚人叛变的。"

"只能走一步看一步了。"

他俩左兜右转回到驿馆,却见远远看到,门口有几个陌生人在转悠。

"我们不能回驿馆住了。一进去,就暴露了身份。"

"对,说不定有人正跟踪我们。若是我们去找迟仲谦,一样有危险。"

狄仁杰带着上官允儿悄悄撤退,在街上随便寻了一家小客栈,暂且住下。狄仁杰坐在床上,盘膝运功,不知过了多少时候,才觉真气畅行无阻,更无窒滞,慢慢睁开眼睛,却见阳光已从窗中漏出,竟已天明。他微吃了一惊,只见上官允儿坐在一边,双手托腮,呆望着他出神。

狄仁杰心中一阵感动,站起身来,柔声说:"你陪了我许久?"上官允儿脸上微现喜色,答非所问道:"你全好了?"见狄仁杰点头,她忽地扑入他怀中,声音发颤:"杰哥,我好怕……"

狄仁杰抱住她纤弱的身子,心头涌过一丝不忍。上官允儿地位再高,武功再好,终究只是一介女流。因了武太后的庇佑,上官允儿大约从未遇到过真正的危险,如今却要面对这些江湖匪类,见识真正的血雨腥风,胆怯也是在所难免的。他把她抱到膝上,捧起她娇美的面庞说:"别怕,我会誓死保护你。"

上官允儿娇躯一颤,不觉一股喜意,直沁入心中,不由得将头轻轻靠过去,将嘴唇贴紧了他的面颊。危机四伏中初次领略这缱绻缠绵,狄仁杰的心头涌过一股说不出的滋味,甜蜜而酸涩,飘飘忽忽像走在云端一般……

第11章

魂断洛阳

翌日傍晚，狄仁杰和上官允儿出去买了些东西，乔装成两个粗豪汉子，大摇大摆地走进了樱花楼。

为了不在欢场女子面前露出马脚，两人一坐定，便由狄仁杰负责拖住老鸨翠妈妈——荷叶临死前提到的关键人物，而上官允儿则抽身去寻找翠妈妈的卧房。待到客人散尽，两人再潜入翠妈妈房中寻找线索。如此虽然冒险，可为查清李文彪和董小姐的下落，只得舍身犯险。狄仁杰认为，他和上官允儿从未与李文彪照面，而李文彪的手下在驿馆又找不到他俩的行踪，那李文彪还不可能知道他和上官允儿的真实身份，最多有所猜疑罢了。所以，李文彪暂时不会离开此地。

上官允儿花了些工夫，弄清了樱花楼的布局，便回到花厅与狄仁杰会合，一起离开了樱花楼。到了后半夜，樱花楼逐渐安静下来，除了檐下的红灯笼，庭院里的灯盏渐次熄了。狄仁杰见时机已到，带着允儿偷偷摸入翠妈妈房外，悄无声息地折断后窗格，跃了进去。他点亮火折子，和上官允儿在抽屉里、妆匣内、衣橱里到处搜索，见到的却尽是些首饰银票、金银珠宝。正要再找，忽听房外远远有脚步声传来，狄仁杰忙吹熄火折子，拉了上官允儿钻入床底。

"咱们先躲躲，听听他们聊什么。发生这么多事，李文彪迟早会想办法跟翠妈妈接头。"狄仁杰悄声对允儿说。

"为什么不直接逼问翠妈妈？"上官允儿问。

狄仁杰说："一来我不习惯为难女人，二来翠妈妈也未必知道李文彪下落。我想抓个李文彪手下，细细盘问。"

上官允儿一怔之间，已有人推门进来。

"翠妈妈，你再想想，近来有没有遇到可疑的客人？"一个粗野的男声问道。

翠妈妈没好气地说："没有，没有，没人可疑！"她不满地拍了一下桌子，"你弄死我手下的姑娘，还每天来烦老娘，小心老娘到彪爷面前告你一状，让你吃不了兜着走！"

"哼！你的姑娘串通外人出卖彪爷，彪爷还没找你算账呢。识相的，每天给我警醒点。"

狄仁杰闻言一凛，用眼神示意上官允儿备战。

"你个死黑虎！你哪只眼睛看到荷叶出卖彪爷？莫胡说八道！"翠妈妈叉着腰，指着对方鼻子骂，"怎么，想打我？还轮不到你这兔崽子。"

狄仁杰一捏上官允儿的手，倏地从床底下钻出，出手如电，点了那黑虎的穴道，低喝道："带我们去见李文彪！"上官允儿也跟着点晕了翠妈妈，把她放在床上，拉下纱帐。

黑虎冷笑着说："兔崽子，你混哪儿的？这樱花楼周围都是我们的人，彪爷正等着你们。"

狄仁杰低声道："告诉我，李文彪在哪里？怎么才能找到董星怜？怎样才能进入俚人的地盘？"

黑虎还是嘿嘿笑着，不答话。上官允儿大怒，连点他两处要穴，令他体内像有万根钢针乱扎，痛不欲生，可这家伙很硬气，憋得五官扭曲、满头大汗也不招供。上官允儿气急，长剑一挥，黑虎那颗脑袋已滚下地来。她在他身上拭干剑上血迹，一脚将他的尸身踢到床下。

上官允儿刚想刺死床上的翠妈妈斩草除根，狄仁杰突然在她衣襟上扯一把，低声道："来人了！"两人当即纵身跃上了大梁。那大梁既高且粗，只要不仰头仔细打量，断然不会发现有人藏身于此。

只听脚步声乱响，走廊尽头有人奔来，狄仁杰和上官允儿探头偷窥，见几

个壮汉提着油灯,扑进门来。

见屋里空无一人,对方面面相觑:"真是怪了,小丫头明明说,翠妈妈房里有打斗声,莫不是听错了?"

"不会,那小丫头挺机灵的。再说,黑虎那小子来找翠妈妈,老半天也不回来,可不是透着奇怪!"

"他俩莫不是找了别的地方风流快活去了吧!"

翠妈妈房里点着檀香,暂时遮盖了血腥味道,这帮人还没觉出异样,狄仁杰担心他们发现床上的翠妈妈,躲在梁后,将一把飞刀向敞开窗口射去,叮的一声脆响,几个壮汉无不奔向窗口,狄仁杰趁此机会,三把飞刀齐射,分别刺入他们的腿窝穴道,令他们惨叫连连,却动弹不得。

"不许叫!"狄仁杰跳下大梁,逼问道,"哪里能找到李文彪?"

还未等回答,狄仁杰身后响起一个森然的女声:"朋友,别动! 我的吹管里可是见血封喉的毒针。"

"翠妈妈?"狄仁杰猝不及防,她居然会武功?

"呵呵,没想到吧! 你那帮手劲力小,我的穴道早就解了。"翠妈妈冷笑道,"这吹管是彪爷送给我防身的,不想今天用上了。喂,梁上那朋友,下来吧,否则……"翠妈妈话音未落,一把宝剑穿透珠罗纱帐从天而降,不偏不倚插入她的颈窝,她来不及吭声便已然了账,手一松,吹管滚落在褥上。

"这次我可用尽全力了。"上官允儿从梁上跃下,冲着翠妈妈的尸身扮了个鬼脸,旋即扭头,对几个敌人大喝道,"快说,哪里能找到李文彪,否则跟这女人一样下场!"

"嘿嘿,就凭你们两个小白脸,也想跟彪爷斗?"几个家伙对视一眼,哈哈大笑,全然不把狄仁杰和上官允儿放在眼里。

一个家伙忍痛拔出腿窝的飞刀,扔在地上,厉声说:"你们跟彪爷作对,是活得不耐烦了。我劝你们,赶紧跪下,给爷们磕头认错,再赔一大笔医药费,咱哥几个帮你们向彪爷求个情,说不定能放你们一条生路。"

上官允儿听这言语之中,对李文彪是奉若神明,不由得心头来气,挺剑上前,一箭穿心结果了他的性命,接着举起血淋淋的宝剑,冲着另外两人说:"赶紧招供!否则就跟他一个下场。"

狄仁杰本不想她乱杀无辜,可见这几个家伙穷凶极恶,料想平日里作恶多端,也就随她去了,站在一边皱眉不语。

其中一个敌人眼里闪过怯意,忍痛说:"小的叫黑豹,愿意带两位去见彪爷,但求好汉饶小的一条狗命。"

狄仁杰和上官允儿大喜,将剩下一个活口点了穴,藏在翠妈妈床底,押着黑豹下了楼梯,向后院走去。穿过两个门洞,望见一圈青色围墙。黑豹说:"彪爷就在里头。"

狄仁杰疑心大起,心想这李文彪如此托大,居然住在这人来人往的烟花之地?莫非是个圈套,示意上官允儿要小心为上。此时,上官允儿却想起了薛子仪藏身于道观之中,反倒信了此人七八分。

那黑豹站在墙角,停下,说:"此楼是翠妈妈关押不听话的姑娘的。没有门窗,全凭地道出入,地道在哪里,小的不知。"

允儿啐了一口:"那你们怎么出入?"

黑豹苦笑道:"翻围墙出入。这全凭轻功,身手差一点的,还真进不去。"他眼珠滴溜一转,指着自己血淋淋的腿哀求道,"两位爷,小的受了伤,没法子进去,只会拖累你们,不如就此放了我吧。"

允儿猜到他畏惧李文彪,想要开溜,呵呵一笑道:"我怎知你有没有撒谎?待会儿见了你主子,我自然会放你。"

狄仁杰不理会他们,细细查看那围墙,见其用厚重的石块砌成,严丝合缝,找不到罅隙,料想黑豹说得不假,向上官允儿使了个眼色,意思是见机行事。上官允儿心领神会。两人一起运气,分别托住黑豹的左右胳膊,同时跃入墙内。

墙里头的青石场地上,赫然出现一间大屋,比围墙略矮,站在墙外是看不

到的。狄仁杰和上官允儿愣了片刻，便押着黑豹向屋里去了。

那屋子没落锁，一推门就开了，里头没有窗子，全赖墙角的几盏灯笼照明，可全然没有烟花之地灯影朦胧的美感，反倒显得阴森森的十分可怖。

那黑豹心中怕极，想要单独逃走，趁狄仁杰和上官允儿凝神四处打量，拔起身子，向门外蹿去。

狄仁杰刚想转身阻拦，忽听砰的一声，身后一块不知石板还是什么的落了下来，接着是黑豹一声惨号，屋里立时漆黑一团，伸手不见五指。

上官允儿不觉心惊，轻声低呼。狄仁杰艺高人胆大，可也感到一股森然的寒意。他不知有什么古怪，决心看个明白再说，当下挽了允儿的手，点亮火折子，凑近细看。原来那屋门被一石板封住了，那黑豹刚好迎头撞上去，登时头破血流，昏死过去。狄仁杰心下一沉，心想落入了圈套。

此时，听得大屋深处踢踢踏踏脚步声，黑暗中走出一个人来，手持烟枪，呵呵怪笑。

狄仁杰和上官允儿同时一凛，意识到这可能就是他们苦苦追踪的李文彪。上官允儿不由得抓紧了狄仁杰的手。

那人身材高大，闲闲地端着杆烟枪，吐了口烟，朝着狄仁杰和上官允儿这边喷来，火光明灭中，烟雾凝聚不散。

狄仁杰还未动作，上官允儿瞧着却气上心头，刚想开口呵斥，狄仁杰在她手上轻轻一拍，她扭过头，见他在黑暗中缓缓摇头，才把一句呵斥之语吞到肚里。

狄仁杰再次打亮火折子，见对方在一张太师椅上坐下，将烟杆在掌心敲两下，敲掉烟灰，再慢条斯理地装上烟丝。这时，连狄仁杰也有些耐不住了，但他暗忖对方是个老江湖，彼此虽未交过手，可从做下的案子来看，定是有些本事的。若是贸然动手，只怕占不了便宜。何况，他还未确定眼前这个人的真正身份。见对方还未点着烟丝，狄仁杰灵机一动，晃晃手中的火折子，缓缓道："尊驾，让小弟为你点烟如何？"不等狄仁杰举步，空中忽然咣当当一阵响，一个铁笼子从天而降，将狄仁杰和上官允儿关在里头。

"嘿嘿，小子，想给彪爷点烟，你还不够格呢！"

果然是李文彪，狄仁杰和上官允儿亦喜亦忧，喜的是敌人终于露面，忧的是落入敌手，不知该如何脱身。李文彪很快不见了，他的手下将狄仁杰和上官允儿控制住，用特制的绳子绑住手脚，关在一间柴房里。

上官允儿低声问："他们是不是发现了我们的身份。"

狄仁杰说："不会，否则早把我们杀了。李文彪对头肯定不少，眼下他还不能确认我们是哪方面的人。"

上官允儿说："那你快想办法脱身啊。我们杀了他们的人，待会儿定会拷问我们。"

狄仁杰见外头没有动静，悄声说："身上的武器都被搜走了。你靠过来，我把你的绳结咬开。"上官允儿忙俯身配合他的动作。过了一会儿，绳扣解开，她顾不上给自己双脚松绑，先解开了狄仁杰手上的绳子。

恢复自由之后，上官允儿趴在他怀里悄声说："我们赶紧走，杀他们一个措手不及。"

"不行！"狄仁杰摸着她的头发，"论武艺，他们肯定不是对手，可难保这里没有别的机关，万一再落入陷阱，就糟糕了。我们还是偷偷溜出去，别惊动任何人。"

上官允儿刚点头，忽听门口有声音，两人急忙窝到墙角，假装依然被绑着。一个男人开门走了进来，待他走到近前，狄仁杰忽地跃起，将他打晕过去，然后，带着允儿从门口溜了出去。

这柴房在大屋后头，离刚才跃进来的高墙有十来丈远，想出去，非得跑过光秃秃的青石场，很容易被窗口的敌人发现。

允儿道："那黑豹不是说有地道？"

狄仁杰道："仓促之间，哪里能摸到地道出口？唯有硬闯出去。"他顿了顿，又说，"你只管向前跑，我给你断后，不管发生什么，你都不要回头。"

允儿怒道："那怎么行？要走一起走。"

狄仁杰握住她手，使劲晃了晃："你听话！只要翻过围墙，就不必担心机关陷阱。放心吧，我能对付他们。只要不进屋，在这片露天的青石场上，谅他们也使不出诈。"

上官允儿略一沉吟，觉得他言之有理，便不再反对。两人见四下无人，一前一后，拔腿向高墙奔去。突然，屋内传出一声怒喊："他们跑了。"机扩声响，乱箭纷纷射来。

狄仁杰不及细想，脱下衣衫四处挥舞，哧哧哧一阵响，箭镞被扑落在地。此时，上官允儿身在半空，几乎越出墙外，一支暗器破空而至，穿透狄仁杰的衣衫，飞上墙头。

上官允儿顿觉右脚剧痛，双手一松，跌下墙来。狄仁杰疾奔几步拦腰抱起允儿，奔到墙边，可墙垣甚高，他如此一来，更无法一跃而上，只得托住她身子，向上抛去。突闻身后传来一声怪笑，一个巨大的网兜落下来，将二人缠住，不一会儿，几把钢刀架在他们颈间。

狄仁杰和上官允儿被关在相邻的两间水牢里。黑水一直漫过狄仁杰的肩膀，还散发出一股恶臭。上官允儿比狄仁杰个头矮，拼命踮起脚尖，才不至于被水淹没，可扯动了脚上的伤口，不禁呻吟起来。

狄仁杰见上官允儿如此痛苦，心如刀割，对歹徒们叫道："有什么冲着我来，别为难一个……"他猛地住了口，心知若被歹徒发现允儿是女儿身，或许会招来更大的侮辱。

所幸几个歹徒没听清他说了什么，只顾拥到门口，迎接李文彪的到来。

李文彪吐着烟圈，目光在狄仁杰和允儿之间打转，稍停，将阴冷的目光投在狄仁杰身上："说，你们是什么人？谁派你们来捣乱？居然敢动手杀我的人。"

狄仁杰听了，心里一松，晓得自己的身份还没暴露，连忙把预先打好的腹稿背了一遍："我家主子是彪爷同行，知道彪爷路子广，手头货多，所以派我们两个来找彪爷合作。"

"哦？那你为什么不光明正大来找我？要偷偷摸摸找樱花楼的小妞？"李文彪怀疑道。

狄仁杰不假思索地说："不怕彪爷生气，江湖上浪得虚名的家伙太多，主子不放心，让我们先偷偷打探，若是彪爷真像传说中那么神，再投帖拜访也不迟。"

李文彪冷笑几声，盯着他道："嘿嘿，你怎知我在洛阳？又怎知我在樱花楼？我看，你准是朝廷的探子！"

狄仁杰记起了从他手下那儿偷听来的消息，赶紧答道："不瞒您说，我主子的几个江湖朋友在岭南见过您，晓得您去见了俚人的大首领。后来，主子又打听到您来了洛阳，所以，命我们找了过来……"

李文彪的脸色阴晴不定，狄仁杰不知他对自己这番胡诌的话会有何反应，但有一点是肯定的，李文彪自己也不能确定，行踪是否落在其他江湖朋友眼里，所以，不能一口咬定狄仁杰在撒谎。片刻后，李文彪恢复了正常，一指呻吟不止的上官允儿："那是谁？"

狄仁杰沉吟片刻，他猜想阅人无数的李文彪定然看出上官允儿是个女子，若还刻意隐瞒，反倒惹他怀疑，只得把心一横，说："她是在下的相好，同为主子效命。"

"哼哼！你还敢骗我？"李文彪向手下扬了扬下巴，"你不说实话，我就给点颜色你瞧瞧。"

几个歹徒狞笑着拿来一个布袋，布袋蠕动不止，显然装了活物。李文彪接过布袋，笑嘻嘻地扔进了上官允儿的水牢。袋里跑出来几只灰色的老鼠，循着血腥味，齐刷刷向上官允儿游去。允儿凄厉地尖叫起来。

狄仁杰又是心痛又是愤恨，高声叫道："人说你彪爷是个英雄好汉，我看是狗熊孬种，你有种冲着我来！"

李文彪不阴不阳地说："小子，别嘴硬。一会儿我在水里倒上灯油，点上

火苗,来个烧烤水老鼠,更有她受的。聪明的,赶紧招供。"

那边允儿的叫声一声惨似一声,狄仁杰咬牙想了想,终于说:"好吧,我会招供。我保证,我说出来的,是个惊天大秘密,会给你带来数不清的好处。不过,你要放了她,否则的话,你会白费心机,你的人也就白死了。"

李文彪眯着眼睛看了他一会儿,用烟杆敲了敲台阶道:"成交。不过,小子,你别想骗我,否则,我让你生不如死。"

李文彪和手下们押着蒙着双眼的狄仁杰和上官允儿,从密道出了围墙,绕到樱花楼后头的偏僻小路上。路边早候着一匹健马,一瘸一拐的上官允儿被扶上了马背。

狄仁杰见上官允儿恋恋不舍,忙说:"快走吧,别回头。我不会有事的。"说着,向她眨眨眼,意思是赶紧去搬救兵。

上官允儿无奈,含泪望了他一眼,一勒缰绳,掉转马头向城里奔去。狄仁杰一直望着她的背影,直到马蹄扬起的烟尘散尽,才扭头对李文彪说:"彪爷,我现在跟你说真话,但你听了不要动气。"

李文彪不耐烦地说:"赶紧说!"

"其实我没有说谎,主子的江湖朋友真的在岭南见过你,也知道你见过俚人的大首领。"他瞥一眼李文彪的脸色,继续说,"不仅如此,我们还知道,你给那大首领送去一个美人儿。"

"那又怎么样?"李文彪傲然道。

"你送美人儿给谁,我们管不着。但是,你送出的这个姑娘非同寻常,他是前任右相董一夫的千金。"

李文彪脸色一变,这是他头一次听说阿怜的真实身份。他暗忖,眼前这人究竟说的是真是假。若是真的,那他可被薛子仪那王八蛋摆了一道。

狄仁杰继续说:"我主子对此事大为恼怒,派我来查清你的底细,看看到底是在为李家做事呢,还是另有所图。"

"快说!"李文彪恶声恶气道,"你主子到底是谁? 难道他是天王老子,还管到老子头上来了?"

狄仁杰微微一笑,不紧不慢地说:"我主子就是武承思。"他观察着李文彪的表情,试探他对董家惨案究竟知道多少,"那董大人虽卸任了,可毕竟曾是武太后跟前的红人。有人杀了他,拐了他女儿,武家人焉能坐视不理?"

武承思是当朝武太后的侄子,他并未像哥哥们那样从政,因此朝中没几个人认识他。但在江湖上,这可是个响当当的名字。武承思仗着武太后和哥哥们的势力,暗暗操控着烟草、酒水等暴利行业,近年来,随着李氏皇族的式微,他开始染指漕运、私盐买卖等一本万利的生意。尽管没有官职在身,可武承思做的案子,那是无人敢管,如今,他是武氏家族里首屈一指的大富豪,也是有名的黑帮首领之一。这一点,狄仁杰从雪片般飞来的状纸中就能看出来。

武家是李文彪昔日的主人,他背叛旧主,投靠了李唐皇族,如今新主子被旧主打压得喘不过气来。新仇旧恨,令李文彪怒不可遏,他忽地向狄仁杰一挥手,袖中飞出一团蓝雾,那是他重金求来的迷药,顿时将狄仁杰迷晕过去。李文彪随即咬牙切齿地对朱大鹏吼道:"去,去把那个女子追回来!不能放过任何一个武家的人。"

上官允儿忍着剧痛策马前行,心中是七上八下。她一边担忧狄仁杰的安危,一边盘算着如何迫使敷衍塞责的洛阳府出动更多的官兵,要知道,这批匪徒武功高强,泛泛之辈可对付不了,唯有以多胜少,才有可能救出情郎。马儿已经跑得飞快,可她心急如焚,不时挥动马鞭,期望它跑得快些再快些。危难时刻显真情,上官允儿在这个时候,才发觉自己对狄仁杰已情根深种、无法自拔。她流着眼泪默默唤着他的名字,暗暗祈求上苍保佑他,为了他的安全,她甚至愿意牺牲自己的性命。

身后忽然传来了一串马蹄声,上官允儿回身望去,见几匹健马追了上来。是李文彪的人!这个混蛋,他反悔了!上官允儿又急又怒,连连挥动马鞭,胯下的坐骑像是通晓她的心事,如闪电一般向前冲去。行了不久,远远看到官

府的哨卡，一众官兵神气活现地拦在大路中间。上官允儿大喜过望，一边全速前进，一边向官军挥手高呼："我是朝廷特使！快帮我拦截后面的匪徒。"接连喊了几遍，前头的官军虽听得不甚清楚，可知道必然发生了非同寻常之事，一个个如临大敌，手持武器，迎上前来。眼看离哨卡仅余几丈距离，上官允儿来不及勒马减速，一个鹞子翻身，直接从马背上跃下，一瘸一拐向他们跑去。

后头的追兵见此情形，即刻喝停坐骑，原地观望。朱大鹏坐在马上，突然一笑，忽地掏出淬了毒的暗器，扬手向上官允儿背后射去。待上官允儿觉察，一股疾风已直扑后背，她略一缩身，动作极快，几枚暗器擦过她的头发，射向官军，官军登时倒了几个。

那朱大鹏见上官允儿一介女流有如此身手，不禁惊怒交加，连连扬手，暗器如飞蝗般向上官允儿飞去。上官允儿衣袖一挥，又有几枚暗器落下，可忽地牵动了伤口，缩手稍慢，顿觉右手一痛，倒在了地下。那暗器上的毒药，是朱大鹏从俚人那偷来的，端的是见血封喉，剧毒无比。上官允儿的右手仅被划破一道小口，然毒性瞬间传遍全身，她的俏脸罩上一层黑气，片刻后，便香消玉殒了。

一个时辰后，洛阳府少尹迟仲谦闻讯带人赶来，一见上官允儿的尸身，他腿一软，跪了下去。一想到千娇百媚的美人儿来此办案，却死于非命，虽不是他亲手害死，却也是因他未及时援救所致，心下颇为歉疚，又想到上官允儿乃武太后特使，此后朝廷势必追究他的责任，恐怕从此前途尽毁，还会连累家小，不知如何是好。他渎职在先，理应受罚，可混到今日的地位实属不易，还得想法子补救为妙。迟仲谦皱眉连连叹气，暗暗咒骂杀死上官允儿的歹徒害人不浅。

第12章
手刃仇敌

月上林梢，几匹健马在山道上漏夜赶路。狄仁杰被歹徒挟持着，反绑双手，蒙住双眼，坐在马上。如此昼伏夜出，行了好多天。可他满心焦虑，忧心上官允儿的安危，即便白天稍事安歇，却哪里睡得着，往往盘膝坐地，思潮起伏，自恨这一次马失前蹄，遭到人生首次大败，还累及了上官允儿。不知上官允儿是否脱险，他无时无刻不在寻思脱身去寻找上官允儿之策。

　　约莫又行了一个更次，空气湿重起来，只听得远处有一两声狼嗥，夜枭的鸣叫由远及近，又由近而远。狄仁杰虽不知身在何处，可隐隐觉出李文彪等人已带他进了深山，按路程和环境估计，他们正进入俚人的辖地。

　　一路上，李文彪一直在寻思如何处置狄仁杰，他已确信狄仁杰是武承思派来的人。武承思是个黑白两道通吃的人物，近年来，他利用漕运和盐业带来的巨额财富，不断招兵买马，扩大自己的地盘的同时，有意垄断各个赚钱的偏门行当。

　　李文彪自然不敢和武承思抗衡，他只能在李家的庇护下，借着公务的由头，小打小闹捞些油水。他怎会想到，表面超脱的大龙头武承思，暗地里也受朝廷的摆布。李文彪知道，他买下董一夫的女儿送人，闯下了大祸，得罪了武家不说，若被李家知道真相，也容他不得。若不及时补救，他李文彪在江湖上再没有立足之地。唯今之计，就是在此事还没传出去之前，先下手为强，把那红颜祸水和她的大首领丈夫干掉。然后，再逼狄仁杰带路，去武承思的地盘里抢一票大的，接着杀了狄仁杰，神不知鬼不觉地卷着抢来的财宝远走高飞，去高句丽、波斯快活几年。他当然不甘心永远蛰伏，等李家和武家斗个你死我活，看谁坐稳了江山，他再伺机回到中原，以另一个身份起家。那时候，江湖就是另一个世界了,谁还会记得李文彪呢。想到这里,李文彪心中稍定。

这一次,李文彪不敢走官道,他担心那些收黑钱的官军里,也有武承思的探子。仗着熟悉地形,他领着手下绕道进了山。

进了深山,歹徒才把狄仁杰的蒙眼黑布解开。这是狄仁杰第一次来到俚人的世界。这里既不同于江南山温水软,也不同于北方险峻雄奇,高山连绵,四处是密林是藤蔓是草地,潮湿闷热,蚊虫肆虐,大腿粗的毒蛇、磨盘大的毒蛛,惊得狄仁杰目瞪口呆。

李文彪按着记忆,带着爪牙押着狄仁杰躲躲藏藏翻过几个山头,又抄小路绕过俚人聚集区,如此行了一日,深入群山,越走越高,到后来已经无路可去。幸而几个人都身怀武功,于是手足并用,攀葛附藤,往山上爬去。

狄仁杰见山势凶险,唯有拼命攀爬,哪还敢动逃跑之念,唯恐一分神便失手坠落,粉身碎骨。如此又攀了多时,终于在夜晚,从一处峭壁,爬上了大首领居住的山头。那是一处高峰之巅,少有平地,周遭古木高耸。李文彪等人在僻静处找了个山洞,将狄仁杰绑在里头,便悄悄出去了。

李文彪先前来过一次,熟知俚人警戒全靠驯服的猎狗和陷阱,早已在途中命朱大鹏找到一种俚人常用的植物,挤出汁液,抹遍全身。猎狗闻到熟悉浆汁气味,不吵不闹,还朝歹徒们友好地摇头摆尾。朱大鹏等人阴恻恻一笑,蹲下身一刀一个,将猎犬结果了。接着,他们绕开了俚人最容易布下陷阱的区域,悄无声息地摸向了冯至代的山洞。

李文彪等人一离开,狄仁杰立刻想法松绑,可是四周没有利器,正焦急时,他的目光落到了洞中的岩石上。他连忙挪过去,背对岩石,不断调整姿势,磨着手上的绳索。粗糙的岩石磨破了他的双手,鲜血染红了绳索,好在绳子终于断了,他欣喜若狂,马上跑出山洞,向山里摸去。他不清楚李文彪来这儿的真实目的,他压根儿想不到,是自己胡编的一番话,令李文彪动了杀机。他不知自己该往哪里去,可他明白自己一个人绝对别想逃出这岭南的深山密林。或许,唯有找到那个失踪的姑娘阿怜,才能解决一切谜团,才能寻到一线

生机。可是,该去哪里找她呢?

狄仁杰顺着山路走着,远远瞧见,山腰上有一点篝火,火光掩映中,似有一座汉人的房屋,他欣喜万分,赶紧加快脚步,忽地脚下一空,待要跃起,已然不及。他掉入了俚人的陷阱中。

此时,阿怜正在自己的卧房歇息,小玉在陪她聊天。冯至代很喜欢这个娇妻,怕她住不惯俚人的山洞,特意在山腰一处平地上,按照汉人的喜好,为她建了所木头房子。而他自己,为怕引起族人的不满,依然住在山顶的洞中,过几日便下来与阿怜团聚。

小玉已近临盆,挺着大肚子坐在床沿:"我真想家,想回去。你不是已经将情况向大首领禀报了吗?为何他还不派人送我回去?"

阿怜轻声道:"你大腹便便,路上多有不便。不如等生下孩子,休养好身体,再回去与夫君团聚。"

小玉依然愁容满面:"我是担心大首领眷恋你这位娇妻,不肯放你回去。连你在这里的信息,都不愿托人捎回中原。"

阿怜笑道:"大首领是个公正的人,绝不会为了私心,瞒下我们的消息。"她还想再说什么,忽听得外面一阵骚乱,警觉地站起来,喝问道,"外头出了什么事?"她本是官家小姐,颐指气使惯了,近来身为大首领夫人,走到哪里自有一众保镖护卫着她,众族人也因大首领的关系,敬她爱她,时日一长,她的言语神态不由得多了几分威仪。

一个保镖在门口答道:"禀告夫人,抓住了一个外族的探子。"

阿怜正想说话,忽听人声鼎沸中,夹杂一个说汉语的男声:"我不是坏人,我要见大首领夫人。"她死死盯着那群人,一颗心狂跳起来。

"快让我见大首领夫人!"那人不停地解释着,"有一伙儿歹人摸进了你们的地盘,领头的叫李文彪。"

阿怜一听,心头大震,他是谁?怎会认识李文彪?又怎么会来找她报信?到底是敌是友?一时间,千头万绪,她无从厘清。倒是小玉跳下床,用颤抖的手指着门外道："狄、狄大人！我认得他的声音。阿怜，是狄大人来救我们了！"

阿怜扶住小玉，扑到大门口，熊熊火光中，她的目光和狄仁杰撞在一起。尽管对方衣衫褴褛、满面尘垢，可那双睿智的眼睛依然闪烁着光芒。

"放开他！他是我的朋友。"阿怜极力控制着颤抖的喉咙，"你们退下吧。"

众人听阿怜如此说，虽有狐疑，却立刻放开了狄仁杰，齐刷刷退回他们站岗的位置。狄仁杰敏感地意识到，眼前这个穿着葛布衣裙，做俚人打扮的纤弱丽人，应该就是他苦苦寻找的董小姐，而她在俚人族中显然已颇有威望。

"狄大人，我是小玉啊。"小玉从阿怜身后走出，涕泪齐流地抓住狄仁杰的手使劲摇了摇，"我是裴行笕的妻子。"

狄仁杰一惊，想不到小玉真和阿怜一起被送到此地，然而此刻，他脑海中滑过明珠的情影。哎，这个糊涂的裴行笕啊。

狄仁杰安慰了小玉几句，转头低声对阿怜道："董小姐，可否借一步说话？"

阿怜点头，将他领入屋里。他见室内陈设简陋，除了一床一桌之外，四壁萧然。但比起穴居的山洞，此处已好上百倍。狄仁杰不及多想，匆匆将自己一路寻来的经历说了一遍，还把李文彪偷偷进山的消息告知阿怜。

阿怜说："我已将李文彪的恶事告知大首领，料想他不会再对那恶贼留情。"

狄仁杰皱眉道："我担心的是，李文彪会暗中对大首领不利。"

阿怜道："我夫君身边有保镖无数，且四处都是陷阱和猎犬，谅那恶人占不了便宜。"

狄仁杰说："如此甚好。只是，我见那恶人沿途采摘一些草药，不知作何用途。"

小玉惊叫道："糟了，他定是找到了避开猎犬的办法。说不定，那些陷阱也被他摸透了。大首领这下危险了。"

阿怜一听，马上冲出门，对那群保镖发号施令："快，你们赶紧上山，去保护大首领，他有危险。"

保镖有点犹豫："那谁来保护夫人？"

阿怜急得跳脚："狄大人武艺高强，能护我们周全，你们赶紧去，赶紧去，我随后就来。"

众人领命，呼啸一声，上山去了。

阿怜搀着小玉回屋，狄仁杰跟了进去，没人引路，他可不敢擅闯那深山老林救人。两女进了里屋，他只得安坐椅上，稍作歇息，以静待变。少顷，听得屋顶上轻轻一响，狄仁杰一惊，想这山岭之中，除了李文彪等人，还有谁有这手高明的轻功，料知敌人来犯，悄悄运气，准备御敌。不久屋顶嘎嘎直响，只见阿怜穿一身短打劲装从里屋奔出，原来她方才进去更衣，又见她从背上取下一把小巧精致的弓弩，装上箭镞，对准屋顶。

片刻后，从屋顶扔下一个包裹来。两人吃了一惊，狄仁杰伸手一扯，扯断包上绳索，还未打开，已闻到一阵血腥味，心中怦怦乱跳，双手出汗，一开包裹，赫然是一颗怒目圆睁的头颅，面色宛然可辨，一定神，看清楚了这头颅正是冯至代的。阿怜一声呜咽，掩面跪地，痛哭不止。

对方显然是来刺杀阿怜的，以为她一弱女子，惊吓之下，必然束手待毙，却没料到狄仁杰在屋里，暗忖一个人难以成事，连忙拔腿便跑。狄仁杰跃上屋顶，四下张望，只见不远处有一个黑影向前疾奔，晓得必是送包袱之人，当下提气疾追，赶出里许，只见他奔入林中去了。狄仁杰仰头望天，辨明方向，硬着头皮跟了进去，只见那人奔到树林深处，与一群人接头。此处林木稀疏，月光明亮，这群人正低声商议，一人偶一回头，见狄仁杰跟来，惊叫起来。

只听得一个粗暴的声音冲狄仁杰喝道："朋友，咱们各为其主，我劝你不要多管闲事。"说话的正是李文彪。

狄仁杰见李文彪发话，知他虽暗杀了冯至代，亦怕俚人的报复，不想在此公然与他动手，以免引来大群俚人。想到此处，他有了主意，决意拖着对方，直到阿怜带族人寻来,亲手处置仇敌。

主意已定,狄仁杰呵呵一笑道:"彪爷你聪明一世,糊涂一时。咱们在江湖打滚,无非求财。想那蛮夷大首领,虽布衣穴居,可世代累积下来的财富,定是数不胜数。你为何不把他留着,让他族人出钱赎他? 如此一刀杀了,太可惜了。"

李文彪一听,悔意大起,可事情已经做下,也无后悔药可吃。朱大鹏见主子不语,遂啐了狄仁杰一口,道:"小子,要你多事!"又转脸向李文彪道,"何必跟这小子多言,一刀宰了他,免得他走漏了风声。"不等李文彪点头,手执长剑,领着其余几人,向狄仁杰扑来。

狄仁杰大笑,身子一偏,右足飞起,啪的一声,将一歹徒踢倒在地,跟着信手折了根树枝,权当长剑刺出。朱大鹏挥剑一挡,孰料那树枝忽地旋转,避过剑锋,顺势疾点。只听哎呀一声,朱大鹏被点中要穴,跌在地上,昏死过去。

剩下一人连忙将朱大鹏拖回去,狄仁杰只是冷笑,并不阻拦。对面的李文彪哼了一声,叫道:"我跟你素来井水不犯河水,你又何必与我为难?"

狄仁杰说:"别跟我扯这些,打不过我,想求饶吗?"

李文彪怒道:"你到底守不守道上的规矩?"

狄仁杰自然晓得,按江湖规矩,路遇其他帮派仇杀纠葛,无关之人自行避让,不得卷入。可他是公门中人,自然不必守着规矩。何况,他深恨眼前这无耻之徒,存心戏弄他:"我想怎样就怎样,你偏有这么多废话!"

李文彪横行霸道惯了,又自恃武艺高强,见狄仁杰不肯退让,不由分说,手持一柄利剑,跃上前来,一个手下跟着纵过来,站在他身后掠阵。

狄仁杰对李文彪深恶痛绝,不欲废话,唰唰两下,手中树枝分刺他左右肩膀。李文彪人高马大,身法却灵巧,反转剑尖,向狄仁杰面门攻来。狄仁杰见他不躲,却谅他不敢同归于尽,便不避让,手上树枝连攻数招。李文彪躲闪不及,哧的一声,肩头衣服被刮破了一片,皮肉也掉了一块。他想不到狄仁杰手中树枝有如此威力,口中喃喃怒骂,一柄长剑施展开来,招招致命。狄仁杰存

心捉弄他，一根树枝舞得密不透风，将他浑身裹住。

两人拆了数十招，李文彪已知对方武功深不可测，远在自己之上，上一次自己全凭机关和诡计才擒住他，不由心中慌乱，额头冒汗，身法也慢了下来。狄仁杰心知机不可失，运起内力，树枝代剑，向他疾攻，李文彪惊叫一声，肋间鲜血淋漓，他脸色大变，纵出两步，右手一挥，几枚暗器打了过来。狄仁杰知他又要下毒，怒从心起，用衣袖裹住树枝格挡，几枚暗器立时改了方向，向李文彪当胸射去。李文彪的手下眼见主子中镖，也顾不上强敌在侧，扑将上去，手忙脚乱掏出解药，为主子解毒。

狄仁杰袖手不理，任他忙活。他已看到林中火光点点，喊杀震天，知道是阿怜带人来了。

李文彪休克了片刻，幽幽醒转过来，探头张望，见周围火把点得晃亮，身边已围满了俚人，个个横眉竖目，手持长枪，为首的劲装女子，柳眉倒竖，眼中闪着仇恨的火焰，不是阿怜是哪个？登时吓得不住发抖。

适才昏死过去的朱大鹏恰巧醒来，见主子李文彪受伤倒地，瞪着阿怜，面露惊惶之色，趁众人不备，掏出几枚暗器打了过去。

狄仁杰急叫："董小姐，小心！"扑上去救援，已来不及。

阿怜连忙扭头，见几枚暗器距自己不过两尺，万万躲避不开。危急时刻，一个俚人保镖挺胸挡在阿怜身前，暗器穿心而入，他大叫一声倒地，腿蹬了蹬，不动了。

朱大鹏一击不中，早有准备，抢起钢刀一通猛砍。

阿怜恨他歹毒，一挥手，众俚人得令，一起挺起长枪向朱大鹏刺去，这家伙顷刻被刺成了马蜂窝。

李文彪见状，心知在劫难逃，想着就算死了，也要和董星怜这祸水同归于尽，于是大喝一声，挺剑向阿怜刺去。这次，阿怜身边的保镖早有防备，抢上一步，几把砍刀一起向李文彪招呼过去，这恶贯满盈的歹人来不及哼一声，便断了气。他的手下情知难逃厄运，便挥刀自刎了。

阿怜见杀夫之仇得报，禁不住伏地痛哭起来。狄仁杰轻拍她肩头以示安慰。阿怜忽地抬起满是泪痕的脸，哭叫道："狄大人，我爹爹他，死得好惨。我、我要报仇。"狄仁杰点点头，轻声劝慰道："此事不可操之过急，要一步一步来。你先跟我回中原吧，武太后很关心你家的案子。"阿怜听得"武太后"这几个字，想起家中惨变，沦落敌手，一路凄风苦雨，好不容易安定下来，又失去了深爱她的丈夫，不由得一阵心酸，一阵气苦，身子一晃，倒在地上。狄仁杰忙半蹲在地，伸臂扶起她的头，却见她已昏厥过去，大惊失色，连声唤道："阿怜，阿怜！"

师爷越众而出，俯身摸了摸她的脉搏，道："夫人没什么事，只是忧惧过度。"当下命人把阿怜抬回木屋，用一根银针在她人中刺下。阿怜吃痛，幽幽醒转过来，呆呆望着屋顶，一语不发。

小玉端上一碗温水，柔声问："阿怜，你怎么了？"阿怜只是不答，狄仁杰黯然低头，地面已收拾干净，可星星点点的血痕仍在。窗外夜色将尽，天边已泛鱼肚白，可失去大首领的俚人们却没有散去，静悄悄地站了一地，火把噼噼啪啪地燃烧着，仿佛人们心头仇恨的火焰。

这时候，守在阿怜身边的师爷轻咳了一声，缓缓道："夫人，现在不是伤心的时候。部族之事务，千头万绪，都需要你去打理。"

小玉见狄仁杰一脸惊诧，轻声解释道："冯师爷是汉人，世代侍奉冯家。到了这一代，被派来伺候大首领。"狄仁杰这才释然。

冯师爷又道："部落不可一日无首领，按照俚人的规矩，大首领归天后，你有责任担起重任，效仿先祖冼夫人，成为新一任大首领。"他伸出右手，向窗外一指，"夫人，振作起来！千百族人正等着你呢！你不接下大任，他们是不会散去的。"

阿怜伸手抓住了小玉的手，白玉般的手不住地颤抖，显然已激动至极。狄仁杰见她眼角流下两行清泪，心中老大不忍，可记起肩头重任，只得出言劝道："坚强点，阿怜。你的族人都在等着你！还有你的父亲，你不想为他报仇

雪恨了吗?"

阿怜紧闭上双眼,复又睁开,在小玉的搀扶下,慢慢坐起来,点了点头。

冯师爷见她点头,知道她是肯了,心中大喜,连忙将阿怜领到众俚人面前,半跪下,向她恭恭敬敬地行了礼,而后托起阿怜的右手,将一只乌黑暗沉玉石扳指戴到了她的拇指上。这扳指代表着大首领的权威。

众俚人静默了片刻,突然一起发出惊天动地的欢呼声:"大首领!大首领!"随即一拥而上,将她抛向空中,联手接住,接连抛了十多次。

阿怜噙着泪,心头涌动着肃穆、悲壮的情感,她感动于族人们的敬意和信任,亦深深意识到,为了回报他们的爱戴,自己纤弱的肩头从此担负起了兴旺整个部族的重任。

第13章

深谷杀机

就任仪式过后,阿怜主持了亡夫冯至代的葬礼。葬礼一结束,狄仁杰便对阿怜说:"大首领,我同情你的遭遇,但眼下我们必须争分夺秒,去追击李文彪的同伙,寻回那些失踪的少女。我相信,李文彪被杀的消息很快就会传回中原,歹徒们必然有所动作,若是被他们逃脱,我们将会遗憾终生!"

经过简单的打点,狄仁杰带着阿怜,以及精心挑选的俚人保镖,出了深山,向薛子仪的大本营洛阳进发。

狄仁杰心系上官允儿安危,日夜兼程,马不停蹄,一行人很快远离了岭南,沿着小道向东都洛阳驰去。

四下山野秋意肃杀,花草树木枝叶凋零。

众俚人第一次离开湿热的岭南,感受中原的深秋,不由得身心舒爽,自由散漫,颇有游玩的意味。

狄仁杰见状,不由得皱起眉头。

阿怜见他愀然不乐,劝道:"他们都是心地单纯的山野村夫,别跟他们计较。"

狄仁杰摇头道:"我总觉得哪里不对头。"

阿怜惊道:"莫非有敌人的踪迹?"

狄仁杰说:"那倒没有。只是我长期办案,经历了无数险境,自有一种天然的警惕心。"

此时,众人正要进入一个狭长的峡谷,左右是高耸的山头,山上遍布常绿植物,郁郁葱葱。

狄仁杰倏地勒住坐骑。

与他并驾齐驱的阿怜疾走几步,见他停步,不由得勒转马头,疑惑道:"狄大人怎么了?有何不妥?"

众人见他俩停步,也纷纷止步于峡谷前。

狄仁杰望着峡谷,喃喃道:"若有人偷袭,这倒是个好地方。"

阿怜见此情形,冲着手下一挥马鞭,喝道:"找人前去探路。"

话音刚落,有两人主动出列,纵马向峡谷冲去。这两人并未抄起武器,也未戴上护甲,显然并不以为峡谷中会有埋伏。

阿怜望着保镖的背影笑道:"狄大人会不会多虑了?到目前为止,我们去洛阳的消息还不至于那么快传到敌人耳中吧?"

狄仁杰也有些怀疑自己,可那种危险即将来临的直觉却越发强烈。要知道,正是这说不清道不明的直觉,无数次拯救他于危难之中。

秋风吹过,草木飒飒作响,他的脊背泛出一股寒意。他突然道:"怎的探子还不回转?"

话音刚落,呼喊声传来,一个俚人保镖已策马出了峡谷,正用俚语说着什么。

阿怜抖了抖缰绳道:"他说,前面没有埋伏。"

狄仁杰苦笑一下,松了口气,挥挥手,示意众人继续前进。阿怜娇笑着,一夹马肚,跟了上去。

众俚人已先进峡谷,狄仁杰和阿怜离峡谷还有几步之遥,狄仁杰忽地又停下了,不对,一定有哪里不对!他的危机感越来越强烈,眼见阿怜已骑马步入峡谷,他突然想到了问题的关键。不及细说,他纵身一跃,跳到阿怜的马上,抓住缰绳掉转马头,一边冲出峡谷,一边高喊:"快,快撤退!"

附近的俚人见他如此,狐疑地勒停坐骑。而先入峡谷的俚人听不懂汉语,竟兀自前行。

阿怜来不及作反应,正想出言询问,忽听峡谷里传出声声惨号。

众人闻之大惊,峡谷内霎时冲出十来个敌人,手持弓箭,连珠炮似的疾

射。众俚人本是族中好手，可只擅搏斗，不善轻功，加之事发突然，来不及闪避，纷纷中箭倒地。

转眼喊杀声四起，山坡后密林中，拥出百来个杀手，将狄仁杰等团团围住。看这声势，要逃脱实非易事。

狄仁杰身经百战，虽然心惊，却毫不慌乱。他一把护住阿怜，躲过乱箭，高叫："保护大首领！大家跟我杀出去！"话音未落，嗖的一只流箭，射中坐骑，两人掉下马来。

狄仁杰来不及思索，纵身扑向阿怜，搂住她的纤腰向坡下翻滚。

此时，十来个武艺高强的俚人保镖已手持武器，冲过来护主。所幸林中的常绿灌木茂盛，遮挡了又一轮的劲箭，待杀手们追赶过来，狄仁杰已带着阿怜跑出一段路。

"你先走！"狄仁杰将阿怜向山坡下一推，返身阻住追杀。他跃到半空，借冲下的力道踢翻几个杀手，随即抢过一把钢刀飞出几丈，接连斩杀两个杀手。十来个俚人保镖此刻亦杀到此处，围拢在他身侧。

狄仁杰见杀手层出不穷，深知缠斗下去，必然讨不来好，便朝保镖们打几个手势，意思是随他杀出重围，接着双手各握一把钢刀，冲着几个武功稍弱的杀手狂砍乱战，杀出一条血路，带着众人逃出包围圈。

然而，他们只得片刻喘息，只见杀手来了增援，密密几层扑将过来，山上箭如飞蝗，乱射过来。狄仁杰等人又陷入重重包围。

狄仁杰挡在众人前面，挥动钢刀，一一挡开来箭。待敌人进攻稍缓，便扔掉钢刀，抽出佩剑，施展出上乘剑法，挺剑疾刺。十来个杀手非死即伤，吓得本想扑上来的杀手畏缩不前。

狄仁杰趁隙看了阿怜一眼，她倒在草地上，钗发散乱，喘息不止，浑身溅满鲜血，不知是否受伤，却并不慌张，依然紧握弓弩，对准了敌人。

俚人保镖只剩下五六人，人人挂彩，形势危在旦夕。而杀手们依然虎视眈眈。

狄仁杰略一分神，顿觉出腿上一痛，狂叫一声，反手一剑，将偷袭者刺死，接着手腕一抖，格挡住连绵不断的攻击，同时左手一挥，飞刀出袖，连杀几人。

杀手们见狄仁杰如此神勇，又退后了几丈。

狄仁杰趁此机会，冲到阿怜身侧，左手抱她，右手使剑，且战且退。他瞥见不远处又有山坡，估摸着下有河流，连忙呼哨一声，示意保镖跟紧，接着挥舞宝剑，剑花闪现处，敌人均血溅五步。他身子如箭离弦，直扑右侧敌人，剑光点点，杀伤几人，一个扫堂腿，几个杀手翻个筋斗，直跌出去，余人一时不敢攻进，露出数丈空隙。他再次得以喘息片刻，立刻施展轻功，抱紧阿怜，足不点地冲到山坡边，向下一望，果然有条大河，还有条渡船，随波摇晃。

狄仁杰大喜，放下阿怜，挥剑返回，将围着众保镖的杀手杀退，带着幸存者突围到了坡上。他指着下面叫道："让他们快跳！"说着，用外衣裹住阿怜头面，顺势滚下坡去。

俚人保镖们见状，连忙学着逃命不迭。众人先后跌下河去，幸好水流不急，即便如此，也都跌得头昏脑涨，浑身是伤，染红了一大片河水。

狄仁杰搂着阿怜，提气跃上渡船。那船主是个干瘪老头，见一血淋淋的大汉带着个美女从天而降，吓得瑟瑟发抖。狄仁杰来不及解释，招呼众俚人上船。

阿怜扒住船帮远望，见杀手们已沿着河岸追来，急叫："快！"

狄仁杰见众保镖已爬上船，当即运起内力，提起铁锚，一扯一提，大铁锚呼的一声，飞上甲板，他轻轻托住，放在船头。

此时水流变急，铁锚一起，渡船即刻向下游溜去，与岸上的杀手越发远离。

众俚人见茫茫水光，阻隔了死神，大喜过望，又见狄仁杰如此神勇，不禁又是感激又是佩服。

狄仁杰最关心阿怜，见她面色如常，知她并无大碍，心下宽慰，连忙取出金疮药，为众人治伤。

众俚人身子壮实，惯于搏斗，但激斗之下，均已挂彩，加上劳累和惊吓，都面色苍白，手足无力，还有人害起病来，急需救治。

忙乎了半日，阿怜累得歪倒在船舷上，向狄仁杰轻声道："若不是狄大人舍命相救，我恐怕是在劫难逃了。"继而又叹道，"幸好小玉就在山中，否则定然遭到毒手。"

狄仁杰苦笑一下："这个好说。我却在想，到底是谁要我们死？"

阿怜愕然道："难道不是李文彪的同伙？"

狄仁杰皱着眉头："有可能。只是，他们怎知我们要去洛阳？还埋伏在路上？"

"你的意思是有内奸？"阿怜咬着嘴唇，想了想说，"这些保镖都是俚人，是我从山中带出来的，按理说，不可能跟李文彪的人有勾结。"

狄仁杰想了想，说："这也未必。你派去峡谷探路的手下是什么人？你从前认识吗？"

阿怜摇摇头，道："这些保镖都是冯师爷替我选的。"接着惊道，"莫非冯师爷有问题？"

狄仁杰沉吟片刻，说："冯师爷若已叛变，他完全可以借着大首领之死，给我们捏造一个罪名，在山中将我们处决，犯不着左兜右转那么麻烦。"

此时，有个保镖用俚言对阿怜说了几句。阿怜一听脸色大变，对狄仁杰说："他说，他怀疑那个回报说峡谷里安全的探路人是奸细。那人是一位俚人勇士的弟弟。冯师爷本选了那位勇士当我的保镖，可临行那天，他弟弟来了，说他哥哥病了，由他顶替哥哥。"她顿了顿，又解释道，"这倒不能怪冯师爷，因为俚人习俗，父子兄弟是一体的，有什么事相互代替很常见。"

见狄仁杰露出一副原来如此的表情，阿怜突然问道，"我倒是奇怪，大人怎能未卜先知，觉出峡谷中有埋伏？"

狄仁杰再次苦笑道："哪是未卜先知，我不过是按常理推测罢了。想那冯师爷做事稳妥，派给你的定是身经百战的保镖。你既然派出两人探路，若是峡谷里安然无事,那这两人定会分别在峡谷两头站岗,以防不测。如果说一人在出口站岗,那回来报信之人,应在谷口接应,为我们断后。"

阿怜插口道:"可那人在报信之后,居然匆匆驰入谷中,这是为什么?"

狄仁杰道:"只有一种可能,那就是他是奸细,知道峡谷中有埋伏,怕殃及自己,所以在诱敌深入之后,他抢先逃跑。可想而知,另一个人要么也是奸细,要么已经被他杀死。"

阿怜点头,用敬佩的眼神看着狄仁杰:"这次全仰仗大人神勇。大人对阿怜的恩情,来日定当报答。可眼下,我们往哪里去?"

狄仁杰道:"你放心,我已飞鸽传书到洛阳府尹,请他们派人接应。"

上一次,因为与洛阳府沟通不利,以致他和上官允儿落入了李文彪手中,实为一件恨事。此次,狄仁杰不敢再托大,早早便与洛阳府通了信息,要他们沿途接应。

第14章

玉殒香消

尽管薛子仪再三告诫薛祁山，要及时把淳于芳这个祸水解决，以免狄仁杰等顺藤摸瓜，找到这个重要的人证，可薛祁山却始终没有下手。他承认自己被淳于芳迷住了，他从未遇到过像她这样美艳又有风情的女人。在与她厮混的几个月中，他尝到了人间极致的快乐，也明白了为何董一夫甘冒天下之大不韪，不惜杀了大理寺丞，也要将这个谋杀亲夫的美女蛇从牢里救出来，收在私房中玩赏。除却对淳于芳的迷恋，还有一个原因，那就是对自己武功的自信。薛祁山自踏入江湖以来，鲜遇对手。他自然明白自己并非天下第一剑客，可是谁若是想擒拿他却也没有那么容易，保住区区一个女人更是不在话下。

豫州是待不下去了，薛祁山买来长衫折扇，打扮成书生模样，又雇了一顶暖轿，带着淳于芳一路避到了洛阳。洛阳是主子薛子仪的福地，薛子仪的生意就是从洛阳起家的，因了薛家的贵族背景，黑道上的人从不敢找薛子仪麻烦，就连洛阳府尹许玉明，也跟薛子仪称兄道弟。薛祁山负案在身，自然不敢去京都长安，洛阳成了最好的去处。

薛祁山嫌青楼人多眼杂，不愿在那种地方落脚，大客栈也不敢去，便带着淳于芳住到了城郊一家专门招待过路人的运来客栈，自然也是薛家的产业。

安顿了几天，打扮得花花绿绿的淳于芳摇着他的胳膊，噘嘴道："我们要在这鬼地方住到什么时候！没有茶楼，没有酒肆，没有店铺，快闷死了。"

薛祁山上下打量她一番，气冲脑门："跟你说多少回了，要低调，要低调。你穿成这样，会被人盯上的。"

"有你在，怕什么！"袒胸露肩的淳于芳向他飞了个媚眼，"谁敢招惹你的

女人?"

薛祁山怒道:"你懂什么? 如果被主子知道,我带你住在他的客栈里白吃白喝,他非杀了我不可。"

"哎呀,你对我逞什么凶?"淳于芳不高兴了,抬高声音道,"还以为你是什么英雄豪杰,原来是主子身边一条狗。怕,就不要把我抢了来。我以前在董宅过得是什么样的好日子,你知道吗?"

薛祁山听她提起董宅,吓得冲上前,捂住她的嘴,将她拖进房里。关上房门,他冲着她的嘴巴就是一巴掌:"我让你胡说,让你胡说!"

淳于芳仗着宠爱,并不怕他,忍着疼痛骂道:"你敢做,还怕我说! 你这逃犯,跟老娘是一丘之貉,装什么装! 你要是没法让我过好日子,我可以出去赚钱,养你! 窝囊废!"

"你——"薛祁山气得跳脚,唰地拔出佩剑叫道,"我杀了你!"

淳于芳见他动了火,连忙往床上一扑,呼天抢地地大哭起来。此时,薛祁山听得隔壁厢房纷纷开门开窗,看发生了何事,赶紧上前安抚她。经过这件事,薛祁山逐渐明白,若再不捞些银子供这女人享用,恐怕是留不住她了。可这些时日,身上带的银两已逐渐花完,去哪里找大把银子呢? 薛祁山思来想去,唯有找主子想办法。第二天,他抱着试试看的想法告诉店小二,说要见薛子仪,请他代为通传。

薛祁山不知道的是,此时薛子仪正在洛阳。薛子仪虽被豫州府的人盯上了,可到了洛阳之后,他依然过着纸醉金迷、逍遥快活的日子。每每看到全副武装的官差在街上巡逻,他脸上都会浮起讥讽的笑容。

薛子仪住在城中一家著名的客栈里,这是他的秘密产业,街角就是他的荐头店。洛阳因武太后的青睐,一跃成为仅次于长安的第二大城市,每日里游客云集,这里的客房供不应求。客栈里设有赌场、浴室等等娱乐场所,荐头店源源不断向这儿输送着漂亮的姑娘。先前一批姑娘是张光辅从豫州大牢里拐出来的一部分女犯,他离开豫州时,将这些烫手的山芋转手卖给了薛子

仪，薛子仪挑了部分送来了洛阳。被盯上之后，薛子仪不敢轻举妄动，趁着狄仁杰和上官允儿出门办案，他连忙躲过官差的监视，溜到了洛阳。洛阳府尹许玉明是他多年的好友，在这个非常时期，极好地庇护了他。

然而，局势千变万化，身为洛阳府尹的许玉明对薛子仪的庇护渐渐力不从心。

一天，许玉明找来薛子仪，说他已接到了豫州刺史狄仁杰的飞鸽传书："狄仁杰已到岭南，还找到了豫州董家惨案中失踪的董家千金小姐，董星怜。他还查出，是李氏皇族的家将李文彪将董小姐送到了岭南。李文彪杀了大首领冯至代，那董星怜已取代丈夫成为新任大首领。她与狄仁杰还联手干掉了李文彪。"他虎着脸说，"狄仁杰可是出了名的难缠，一听说他跟朝廷特使来此地办案，我特意跑去长安，为的是避开他们。可是，特使居然死在洛阳，据说就是李文彪干的。"

薛子仪瞪大眼睛，一对眼珠似要从眼眶中跳出来，可狡猾的他大惊之下，仍然不忘极力撇清："此事与我无关哪，我怎会笨到杀死朝廷特使？"

"可我听说，那个董小姐，是你卖给李文彪的。而李文彪在洛阳的时候，就住在你的樱花楼里，看来跟你关系匪浅。这件事若是被查出来，你是脱不了干系的。"许玉明盯着他良久，想从他脸上看出些什么。

薛子仪知道，事到如今，若是不说实话，就得不到这位老友的帮忙，只好说："是我的家将薛祁山胡闹，顺手牵羊把董小姐劫了来。确实是我把那美人儿卖给了李文彪。可我怎么也没想到，李文彪这个饭桶，会把董小姐送给蛮夷的大首领。我更想不通，他为什么又把那大首领给杀了。哎呀，这家伙可把我坑死了。"

"哼！若不是你仗着薛家撑腰，这两年疯狂捞金，忘了夹紧尾巴做人，怎会惹下如此大祸？你要知道，今时不同往日啦！别说你们薛家，就连李家也快罩不住了。"许玉明气得一脸赤红，他强抑怒火，踱到薛子仪身边，怒冲冲地说，"那董一夫是武太后的人，他的女儿你也敢动？话说回来，一个落难小姐，动了也就动了,你千不该万不该,还惊动了狄仁杰!"

薛子仪丝毫不敢回嘴,脸部的表情也不敢有一丝不满:"大人,你这次可得救救我啊。我就是一时糊涂。"

"一时糊涂?"许玉明冷笑着踢了一下他的椅子,道,"我问你,豫州大牢失踪的女犯是怎么回事? 先前,武太后已着狄仁杰立案调查。而近日,跟此案有莫大关联的右相张光辅,被牵连进了一起谋逆案件,他豫州干的那些脏事儿少不得被人翻出来。你跟他也走得挺近吧?"

薛子仪双手捧头,听得冷汗涔涔而下,这是他入行以来,头一次体会到危机四伏的滋味。

"你不是挺有本事吗? 赶紧拿个主意啊?"许玉明半讥讽半关心地说。

薛子仪低头想了一会儿,极力克制着恐惧,说:"我现在心如乱麻,烦请大人出个主意。"

许玉明冷冷道:"为今之计,为了自保,只有把知情人全部铲除,永绝后患。第一个要铲除的,就是你那心腹家将,薛祁山!"

"不行!"薛子仪不假思索地说。自打知道玄机道姑与薛祁山有染,他无数次想铲除薛祁山,可此人武艺超群,不好对付,若是弄得不巧,杀他不成,倒与他反目成仇,那恐怕自己走遍天涯海角,都会遭受他的追杀。可这些心思,他没法向文官出身的许玉明解释,只好说:"薛祁山对我忠心耿耿,杀了他会让其他手下寒心。何况,我还有用得着他的地方。比如说,留在洛阳那些女犯,由他去灭口是最合适不过的。"

许玉明不耐烦地挥挥手说:"好吧,你的手下你管好,别坏了事就好。还有狄仁杰,你准备怎么处置他?"

薛子仪此时恢复了平日的冷静,缓缓道:"这个就得劳烦大人了。你一定知道他的行踪。只要在他归来的途中布下杀手,谅他飞不出我们的手掌心。至于那个姓董的丫头,能一起除掉最好。"

许玉明道:"这个不用你说,本官自有分寸。不过,我听闻狄仁杰武艺高

强,万一让他跑了——"

薛子仪想了想,笑道:"我叫薛祁山掠阵,如何?即便狄仁杰武功高,突围而出,也必然筋疲力尽,到时候由薛祁山这个奇兵杀出,谅他没有还手之力。"

许玉明一拍手:"好,就这么办!不过,事成之后,你必须想办法除掉薛祁山。"

薛子仪心烦极了,却不得不毕恭毕敬地答应了。

一回到住处,薛子仪听闻薛祁山想要见他,便顺势答应下来。

薛祁山一身儒服,一顶青色小帽几乎遮住整个额头。他见了薛子仪劈头就嚷:"主子,我这阵子可窝囊死了。"

薛子仪见他这个模样,暗暗一惊,想不到这个昔日心狠手辣的江湖人物变得如此胆小。他看了薛祁山一眼,故作不快道:"你好大胆子,这个时候在我的客店落脚不算,还敢跟我见面!"

"嘿,主子,你是不知道我的苦哇。"薛祁山凑近他,伸出两根手指捻了捻,"跑路在外手头紧,没钱住店啊,只好到主子的店里避一避。"

薛子仪明知他是来要钱的,却故意摆出一副生气的样子,说:"你是不是还留着那女人?那种女人就是无底洞,多少银子都填不满。破了财不算,说不定还得把命搭上。"

"啊?"薛祁山马上意识到,淳于芳的事,已有耳目报告了主子。他努力做出平静表情,心里却着了慌,"主子息怒,我、我回去就动手。"

"这还差不多。"薛子仪并不怕他着恼,他深知这种江湖人并不在乎身边的女人,勾搭在一起只为寻欢作乐没几分真情实意,如果淳于芳真的挡了薛祁山的财路,他会毫不犹豫地灭了她。

见薛祁山如此听话,薛子仪笑道:"只要你好好为我做事,我绝不会亏待你。"说着,伸手朝桌上一口小木箱一指。

薛祁山紧紧盯住小木箱,舔舔嘴唇,显得急不可待:"主子吩咐,属下赴汤蹈火,在所不辞。"

"哈哈哈,好,好!"薛子仪意味深长地笑着,打开那个小木箱,慢慢地说,"张光辅转卖给我们的女犯,送来洛阳的那几个,你去一一找出来,就说朝廷在通缉她们,要把她们转送到安全的地方。这些银子给你花销。"小木箱里装满了晃眼的白银,薛祁山一时没法估计究竟有多少。他惊愕地盯着那些银两。薛子仪砰的一声关上木箱,从桌上推给他。

"收下吧。记得在路上找个地方,把她们埋了。完事之后,我还有件大事要你去做。你放心,有我薛子仪一天,就不会亏待于你。"

薛祁山抱住小木箱,笑着说:"银子是好东西,没人嫌多。可是主子,朝廷已经赦免了那些女犯人,主公为何还要如此费事呢?"

薛子仪似乎早知他有此一问,淡淡地说:"这个你就不用操心了。那些女犯人并不知道自己已被赦免,一定会乖乖跟你走的。你一定做得干净利落,不留痕迹。否则,等于将这天大的把柄留给狄仁杰。"

薛祁山恍然大悟,抱起箱子就想离开,前脚还未出门,便听到薛子仪阴冷地说:"记住,把淳于芳一并解决。"

薛祁山心里一激灵,急忙点头称是,从后门出了客栈,回了住处。那帮他传递消息的店小二见他抱着个木箱进门,嬉皮笑脸地凑过来:"薛爷,见着主子了? 按规矩……"

薛祁山二话没说,从怀里掏出一锭银子抛过去,轻声说:"帮我买匹马,雇辆大车。再买些铁锹、绳子、草席之类的东西。对了,再弄些蒙汗药和迷香来,要大剂量的。"

"薛爷,主子的事我不敢多问。"店小二瞅瞅四周,小声说,"若你一个人难成事,需要我帮手尽管说。"

薛祁山想起淳于芳,心里乱成一团麻,跺了跺脚,说:"我的确有要紧事办,误了事小命难保!你把东西准备好之后,来后院叫我。以后,你不要多嘴了。"说着,夺门而出,像有什么东西追赶着他。

店小二立在原地,嘴角浮上一丝冷笑。

从裁缝铺走出来，淳于芳就寻思着去哪里继续消遣，是去买胭脂水粉，还是去戏园子听戏。前两天薛祁山给了她好些银子，足够她奢侈一阵子了。

她慢悠悠地漫步在洛阳街头，路过一个卖铜镜的摊子，随手取了一面镜子照照，镜中忽地印出一个可疑的身影，似乎一直在跟踪着她。心情陡然紧张起来，她急忙挥手招来一辆马车，上去就塞给车夫一点碎银子，慌张地说："快走，去运来客栈。"

马车在运来客栈后门停下，淳于芳回顾车后见没人尾随才放下心来，下车后就直奔自己厢房。她小心翼翼地插上门闩，来不及喘息便冲进去寻找薛祁山，可屋里空空如也。屏风后面倒是有了响动，她愕然片刻，一股无形的恐怖向她袭来。她瞪大眼睛盯着屏风，似乎后头藏了什么人。

就在这一瞬间，薛祁山幽灵般从屏风后闪了出来。淳于芳长吁口气，正想扑入他怀里。薛祁山却快步走来，一把掐住她的喉咙将她按倒在床上。她眼冒金星，尖叫声塞在喉头，双脚乱蹬，身子不停颤抖。

薛祁山狞笑着说："芳儿，你别怪我心狠。这是主子的命令，我只好奉命行事。"

淳于芳被掐得快失去知觉，再也挣扎不动，只好用哀怨的眼神瞪着他。薛祁山被她看得浑身不自在，扼住她脖子的手松了一松。就在这一瞬间，淳于芳吐出嘴里的血水，艰难地叫道："薛爷，你放了我吧。一日夫妻百日恩哪。"

薛祁山紧盯着她那美艳绝伦的脸，迟疑一会儿终于沉重地摇了摇头，语气里不乏难过："芳儿，你若是活着，我和主子可能都得死。要恨，你就恨自己红颜薄命吧。"

淳于芳想尖叫求救，可早有准备的薛祁山一把扯过枕头，蒙住她的头脸，过了片刻，她便不再动弹了。他颤抖着拿走枕头，淳于芳面容平静，像是熟睡了一般。他不忍再看，退到门口，慌乱地打开门闩。店小二正立在门口听着动静，一见他便说："这里头交给我处理吧。"

薛祁山没有吭声，也没有勇气再回头看一眼，匆匆窜了出去。他来到酒肆，一直喝到夜晚，才抱着个酒坛摇摇晃晃，回了厢房。他鼓起勇气，抬起蒙眬醉眼，朝床上看去，淳于芳不见了，被褥铺盖都换了干净的。他觉得心里空空的，长叹一声，坐了下来，咕噜噜又灌了几口酒。

过了一会儿，门开了，店小二走进来。从前，薛祁山从未正眼打量过他，眼下才赫然发觉，对方身材魁梧，面容冷峻，是个不可小觑的对象。

店小二见薛祁山一直牢牢盯着自己，也不慌张。他也是薛子仪手下一名得力干将，听从主子的命令，暂且协助薛祁山办事。

"薛爷，淳于芳已解决，主子交代的另一件事进行得怎么样了？"

薛祁山神色一凛，说："那些女犯人分散在不同的风月场所。我人生地不熟，一个个寻找起来，太费劲了。搞不好，还会被人盯上。"

店小二慢慢从怀里掏出几张纸，扔在薛祁山面前："这是她们的名单，和现在的住址。我已经都调查清楚了。下一步，就由你出面，把她们一个个引出来。"

薛祁山狐疑地捡起那几张纸，看了一会儿，眼睛渐渐放光，猛扑过去搂住店小二，捶了他一拳，那开心劲无法形容："你小子真行啊，真是我的救星！"

店小二紧绷的脸骤然放松，有了一丝笑容："一起为主子办事，理应不分彼此。"

"说得好！"薛祁山快活地挤挤眼睛，把酒坛推过去，"来喝一口！以后我发财也少不了你一份。"

店小二矜持地笑笑，坐下来举起酒坛就喝了一大口："这算什么？我是最讲义气的。只要你薛爷不记恨我就行了。"

薛祁山一愣，随即明白过来，一挥手道："我还没糊涂到那种地步。淳于芳那种女人只会坏我们的大事。别说是我亲手解决的，就算是兄弟你动的手，我也不会皱一下眉头。"

"那就好。薛爷，别怪小的没提醒你。主子的事不可耽搁，最好立即去

办。"店小二看看窗外的天色,又说,"此时华灯初上,正是风月场生意火爆的时候,我们此时动手,最合适不过。"

薛祁山一听此言,正中下怀,说:"有了老兄帮忙,我还愁什么? 咱们走!"

店小二不假思索地说:"我已经跟樱花楼的鸨儿说好,要带三个女人出去饮酒。她们都是豫州大牢出来的。咱们逐个出击。先劝服这几个,再带她们引出其余女犯。"

薛祁山站起身,急道:"那还等什么,赶紧走。"

两人并排从后门出了客栈,一辆豪华的马车已候在那里。店小二亲自驾车进城,过了半个时辰,便到了樱花楼。

薛祁山守在车里,店小二独自进了花厅,鸨儿已带了三个女子出来,其中一个,便是豫州郊县捕头许方亮亲戚家的女儿阿燕。阿燕她们本是循规蹈矩的小家碧玉,谁料遭逢大变,全家入狱,接着又被投入军中供人取乐,早如惊弓之鸟,后又被拐卖进了烟花之地,常深感命运之无常。在这灯红酒绿、迎来送往之地,她们也渐渐迷失了本性,变得轻佻放纵起来。听得鸨儿说,有贵客相邀,过惯了夜生活的阿燕等人都颇为踊跃。一见店小二,便围拢过来,大放媚眼。

店小二打量这几个女子,感觉虽非花容月貌,也算得上楚楚动人,却马上就要命丧黄泉,颇有些不是滋味。可他并不会因此心慈手软,将三女带到车上,便坐上驾驶位,一声吆喝,驾车向城外驰去。

车厢里光线昏暗,可阿燕她们还是一眼认出,这是押送她们来洛阳的薛祁山,不由得大惊失色。薛祁山怕她们叫嚷起来,忙说:"别嚷嚷! 我是来救你们的。"见三女将信将疑,他又说,"朝廷发现你们从大牢失踪,已发出通缉令追捕你们。你们若是一露脸,马上就会被抓去杀头。"说着,他掏出预先假造的通缉文书,递了过去。阿燕粗通文墨,接过来仔细一瞧,立时面露惊惶之色,瑟瑟发抖道:"还求薛爷相救。"

薛祁山见猎物上钩,露出关切的神气道:"我救人救到底,这就带你们去找其他姐妹，一并送出城去。"他指指驾车的店小二，"我那朋友在乡下有个空屋，你们先藏在他那里。等风头过去，再把你们接回来。"

阿燕她们面面相觑，均感眼下无计可施，只能顺从薛祁山的安排。于是，薛祁山和店小二按着地址，找到几家青楼，利用阿燕她们，将余下的女犯一一骗了出来。待点齐了人头，薛祁山暗暗闭气，在车厢里点燃了迷香。不一会儿，女子们感觉天旋地转，纷纷晕厥，横七竖八躺了一车。

按照计划，马车要即刻出城，不想出城的时候，遇到点麻烦。守城的官军见店小二深夜出城，非要检查车厢。店小二给他塞了两锭银子，对方才作罢，却已经惊动了当值的头领郑志平。这郑志平入官门之前，也曾在江湖行走，颇懂些门道，见单骑马车深夜出城，便知不妥，眼见手下要检查，便坐等结果。不想，手下居然开门放行，郑志平晓得其中定有猫腻。可这看守城门是个苦差事，他不欲断了手下的财路，便亲自出马，来到车前。

"什么人？何故出城？"郑志平高声问道。

那店小二不慌不忙，又递上两锭银子，答道："小人在城中做生意，乡下老家有点急事，是以要漏夜出城。"

郑志平见他出手大方，心下颇有几分好感，正想放行，忽地闻见车里漏出一丝香气，使劲嗅了几下，顿时头晕目眩，暗道："这是迷香！车中定有古怪。"当下把银子往地下一丢，抽出剑来，指着店小二道，"下车！我要检查！"

店小二心头发紧，暗想：无论如何，也不能让他发现车里的秘密，于是一抖缰绳，便想硬闯。官军见郑志平出头，哪敢怠慢，见店小二想逃，纷纷围拢过来，唰地拔出佩刀。

车里的薛祁山情知不妙，暗忖没有把握能够硬闯过去，急中生智，掏出怀里的令牌，拿在手中，从车帘里伸出去，高叫道："我们乃薛家家将，有要事出城。大人若是不信，可以去问过洛阳府尹许玉明大人。"

郑志平一愣，接过令牌，细细查看。他认得这是关陇八贵族的令牌，与宫内令牌相仿，确是朝廷所赐，又听对方抬出薛家和洛阳府尹，登时泄了气。他

郑志平是洛阳少尹迟仲谦的人,怎敢与长官作对?万般无奈,他只得挥手放行。

店小二擦干额角冷汗,一甩缰绳,马车如离弦之箭向城外疾驰。他早已选好个偏僻的乱坟岗子,在那儿行事方便,也易于逃跑。有了前车之鉴,薛祁山他们再不敢耽搁,一到预定地点,便下车选了个地方,挥动铁锹在泥土中不断掏挖。两人均身怀武艺,不一会儿便挖了个长方形的大坑。此时,车里的女子们还未苏醒,只能任人摆布。薛祁山和店小二上下几趟,便把她们都投入坑内,盖上泥土。

店小二望着这个巨大的坟坑,阴沉沉地说:"好啦,终于对主子有了交代。"

薛祁山一言不发,脱下上衣蒙住马眼,接着挥动马鞭,马儿顿时驾车飞奔起来,冲到不远处的悬崖边。薛祁山猛地飞身跳出,只听马儿一声惊嘶,四脚踏空,随着惯性堕入了万丈深渊。

店小二走到呆望着悬崖的薛祁山身边,拍拍他的肩头,赞道:"干得漂亮!不愧是主子的头号家将。对了,淳于芳也埋在这儿,你要不要拜祭她?"

薛祁山斜了他一眼,道:"大丈夫拿得起放得下。我只是在想,咱兄弟俩以后会被埋在哪儿呢?"

店小二愣了一下,随即笑道:"薛爷多虑了。只要好好为主子办事,荣华富贵唾手可得。"远处突然传来一两声野狗的号叫,他打了个寒噤,定定神,接着说,"除掉这些女人,也是为了大伙儿的安全啊。"

"安全?"薛祁山冷言道,"每天窝在你那小客栈里?这也不行,那也不敢?"

店小二赔着笑脸道:"怎么会呢?眼下,只要除掉了狄仁杰,就没人再跟主子为难了。"

薛祁山皱眉道:"狄仁杰?他可不好对付。"

"呵呵,薛爷,主子跟你说过,解决这些女人之后,还会派你做另一件事,还记得吧?"店小二抖抖衣襟,不慌不忙道,"据可靠消息,狄仁杰会从岭南来洛阳。主子已安排好了一切,你只要去掠阵即可。"说着,附到他耳边,嘀嘀咕咕说话,听得薛祁山不住点头。

话说洛阳府中,迟仲谦正拧着眉头听郑志平的密报。那郑志平是个老江湖,虽放薛祁山等过关,却暗中派人跟踪。跟踪者不敢跟太近,怕被敌人发觉,只得循着地上的车辙印子,纵马疾驰,沿路寻访,待赶到那乱坟岗上,薛祁山等已然离去。他跳下马四处搜索,发现有两片泥地颇有异状,用刀刃撬土,挖出来的赫然是七八具女尸。以此为圆心搜了一圈,又找出一个新坟坑,里头亦是一具女尸。此人是办案老手,当即掏出怀中纸墨,涂黑女尸脸部,将其面影一一印在纸上,再将泥土掩好,恢复原状。接着飞马折回,向郑志平密报。

郑志平盯着跟踪者送回的一沓纸模,尤其是其中一张特别美艳的面孔,总觉得在哪里见过。还是一个手下记性好,翻出豫州府送来的一沓失踪女子画像,指着其中一张道,"跟这张特别像。"画像上正是前任右相失踪的爱姬,淳于芳。郑志平顿时警觉起来,着几个心腹将那些从坟场拓下的纸模,与失踪女子的画像一一比对,赫然发觉,那被葬在荒野的七八个女子,均是豫州大牢里失踪的女犯。郑志平深感此事非同小可,不敢擅自处理,便连夜拜访迟仲谦,向他讨个主意。

迟仲谦和郑志平两人商量到天亮,也没个头绪。转眼日上三竿,郑志平正打算告退,忽然来了个差役,对迟仲谦说:"迟大人,许大人请你过去一叙。"

第15章

黄雀在后

待狄仁杰等人上岸,半途遇上带人前来寻找他们的洛阳府官兵时,已是第二天夜晚。

　　一到了洛阳境内,狄仁杰等下船,上岸在树林里找了个避风处歇宿。其余人倒也罢了,阿怜身处异地,命悬敌手,眼见明月在天,耳听虎啸于谷,又冷又怕,哪里睡得着?正要低头垂泪,突然记起自己大首领的身份,硬生生将眼泪忍了回去。只听阿怜朗声说了一串俚人语言,几个保镖愣了一愣,急忙跪下答应,接着分散而去。只一顿饭工夫,他们带回几只山鸡野兔,架起干柴,钻木取火,做起饭来。不一会儿,香气四溢。狄仁杰这才明白,阿怜适才吩咐手下去打猎做饭,这可是生长于深山的俚人们的拿手活。

　　狄仁杰率先吃完,顺着山路慢慢走出树林,站定望风。此时,从林中走出一个陌生人,身着便衣,却穿着官靴。他在离狄仁杰不远的地方站下,轻轻叫了一声:"狄大人。"

　　狄仁杰一惊,伸手入怀,摸到飞刀,对方微笑道:"请别误会,洛阳府尹许玉明大人正为你的处境忧心,派我等来接应大人回府。"

　　狄仁杰颇为疑惑,冷冷的,一言不发。

　　对方又说:"下官周林,是许大人的心腹。你不信我,也该信大人的令牌吧?"说着,他右手一抖,露出藏在袖中的令牌。

　　狄仁杰借着月光一瞧,确实是洛阳府令牌,登时心里一松,道:"大人莫怪下官多疑,下官素来与贵府少尹迟仲谦联络,从未见过许大人,是以不敢轻信。"

　　周林呵呵一笑道:"好说,好说。迟大人身体微恙,抱病在床,是以许大人只得从长安回府,亲自处理事务。狄大人办的是朝廷要案,许大人吩咐在下要低调行事,以免坏了大人的事。"说着,朝林子里头一望,道,"那些都是大人的手下吧?待用餐完毕,就跟属下回府吧?"

狄仁杰已确认他身份无误,想起上官允儿,忙问:"下官想打听一事,武太后所派来的特使上官允儿大人,是否安然回到贵府。"

周林一愣,随即答道:"大人跟我回府,自然会见到特使大人。"

狄仁杰抬头看了他一眼,微微错愕,可知道事到如今只有顺从他们了,便道:"也好。可是,我们一行人,有苦主有病号。李文彪虽已伏法,可他的同党甚多,难保不沿途追杀,要护送我们安全进城,得好好部署一番吧?"

周林拍拍胸脯,成竹于心地说:"我已备好马匹和车辆,载你们连夜进城。我的手下已化装成车夫脚力,沿途保护你们。"

因为周林的周密安排,狄仁杰等人很快登上了洛阳府派来的两辆大马车。在宽敞舒适的车厢里,众人换上了周林备好的崭新衣裤,一改刚才狼狈不堪的模样。马车像观光似的在镇上兜了个圈,驰上了去洛阳城的官道。

"这么奢华的马车,好久没坐过了。"阿怜懒懒地靠在软枕上,轻声说,"真想躺下来,什么都不想,舒服地睡上一觉。"

狄仁杰微笑着说:"等进了城,入了官府,你再安心休息也不迟啊。"

阿怜奇道:"怎么?你还不放心?"她指指他深陷的眼窝道,"你已经几天没合眼了,真担心你撑不住呢!"

狄仁杰揉揉太阳穴,冷静地说:"一日没将贼人绳之以法,我一日无法安睡。"他撩开窗帘,向外看去,马车已渐渐离开官道,驶入林间小路。夜色沉沉,望不见洛阳城的轮廓,但观测星象,行进的方向并没有错。他这才安心地坐回去。

又行了一盏茶的工夫,同车的一个伤者突然呻吟起来,不断地呼痛,要水喝。狄仁杰凑上去摸摸他的额头,烧得滚烫,只得打开门帘,招呼前头的周林:"大人,可否停车歇息一会儿,车里一位兄弟身子不妥,得找地方要些

水喝。"

周林骑马靠拢，不冷不热地盯着狄仁杰。狄仁杰心里咯噔一下，急忙冲他拱拱手："有位俚人兄弟伤势甚重，想来到了中原水土不服，是以加重了伤情，还请大人行个方便。"

周林板着的面孔勉强露出一丝笑容，道："狄大人既然开口，下官必当从命。"说罢，对一挑着行李的脚夫发话说，"去前面的村子里，讨些热水来。"

对方一言不发，放下行李，便领命去了。周林抛给狄仁杰一个白眼，便走开去，不再理他。

阿怜见狄仁杰如此关心她的部属，有几分感动，轻轻凑过去，几乎靠到他胸前低声说："谢谢你，我——"她欲言又止，俏脸微微泛出一丝红晕。

狄仁杰心中一颤，他知道她这举动不是一个偶然，看似漫不经心的动作，却经过了她潜意识的酝酿。他想顺势搂过她，眼前却掠过上官允儿的倩影，几乎与眼前的阿怜融为一体。他心头一紧，身子情不自禁地向后一躲。他的动作并不大，但强烈的身体感受让他觉得自己搞出了不小的动静，于是有些紧张地躲开身边阿怜的目光，干咳一声，掀开门帘，坐到车辙上，任夜风吹乱了他的黑发。站在不远处监视着他的周林，嘴角露出一丝不易觉察的奸笑。

稍坐了片刻，去找水的脚夫还没回来，狄仁杰突然听到一阵杂乱的马蹄声，从官道那边传来。十来匹高头大马载着一群蒙面人，风驰电掣般冲过来，在离他们几丈远处猛地停下。目光如炬的狄仁杰一眼认出，领头的是迟仲谦，月光下他双眼发直，满头是汗，拼命向他挥手，仿佛大祸即将临头。

头脑中一直绷着弦的狄仁杰见状晓得大事不妙，一边掀开门帘一边厉声高呼："快跑，快跑！"说着，他一伸手，抓住最近的阿怜，跳下马车，一个侧身滚了出去。其他俚人刚探出半个身子，只听哧哧声不断，无数的箭镞从四面八方飞向车厢，马车瞬间成了马蜂窝。稍停，板壁剥落，众俚人横七竖八躺倒，血流满地。

"你是什么人"周林一声怒喝。

迟仲谦也不答话,手一挥,向众蒙面人道:"给我上!"一众人马即刻抄起家伙冲上前去,跟周林等人搅成一团,一时喊杀震天。

迟仲谦骑马奔向狄仁杰,一个急停,跳下马来扶起他血淋淋的身体,叫道:"狄大人!"

狄仁杰肩上中箭,血流如注,来不及包扎,即刻滚爬着扑向阿怜,发狂地叫道:"阿怜,阿怜!"心道:她若是丧命,任你周林是朝廷命官,我也杀了你。

阿怜伸出一只被鲜血浸透的手,吃力地说:"我还挺得住。"

这时,迟仲谦猛地跳上马对狄仁杰吼道:"快跟我走!快!我的手下只能挡一阵子。"

满身血污的狄仁杰脱下外衣把阿怜裹住,跳上最近一匹健马。迟仲谦立刻择道策马疾行,想尽快逃离这险象环生的树林。他们骑马冲过一片林子,驰入官道,狄仁杰一扭头见几个追兵闪入了官道两侧的树林,跟了上来,暗叫不妙,对怀里的阿怜说:"快跳,跳到迟大人的马背上。你们先跑,我断后。"

迟仲谦却大叫道:"不行!特使已经被杀,你要再是有什么三长两短,武太后定会诛我九族!"说着,他从马腹处取下弓箭,扭头对着树林连发几箭。

狄仁杰听说上官允儿已遭不测,脑中顿时嗡嗡作响,心头剧痛,差点跌下马来。可想起阿怜还需照应,只得硬起心肠扬鞭策马向前猛冲,瞥见前头的树林里蹿出那几个歹徒,对着他们接连放箭。狄仁杰没带武器,只得策马躲避,聪明的马儿像知道他生死攸关,机敏地左闪右避。

迟仲谦拍马赶来,向歹徒连连射箭,边射边喊:"该死的许玉明,你跟贼子勾结,包庇重犯,捞点钱财,老子已经睁眼闭眼了。你居然还敢暗杀朝廷命官,连累老子。老子寒门出身,混到今天不易,你为什么要牵连我?"

狄仁杰心知他正借机向自己撇清,只见迟仲谦变换位置,又射出几箭,扭头对狄仁杰说:"府尹大人早就跟薛子仪勾结在一起,知道你和特使前来,特意避开,要我敷衍你们。他接到你的飞鸽传书,知道李文彪被杀,立刻通知薛子仪杀尽了运到洛阳府的那批失踪女犯,还雇了好多杀手,沿途追杀你们。"

狄仁杰沉声道："那你为什么要救我？"

迟仲谦苦笑道："府尹大人财雄势大，我得罪不起。可如今，他在朝中的靠山，宰相张光辅大人卷入了谋反大案，想来必会牵连到府尹大人。我虽糊涂，可也不愿跟着他一起被抄家灭族。特使之死，于我是大罪，只有你才能在武太后面前为我美言。"

转眼追兵又到，呼喊之声连续不断。狄仁杰急道："把弓箭扔给我。"说着，一把接过迟仲谦抛来的弓箭，拉弓射箭，唰唰唰接连射死几个歹徒，喘口气道，"眼下我跟你一样自身难保。"

迟仲谦叫道："我死不足惜，可不想株连九族！你答应我，定要保我家人无恙！答应我！"眼见狄仁杰点头，迟仲谦飞马猛冲而过，耳边一串箭镞呼啸。

狄仁杰见他用身体护卫着自己，听到几次箭镞射穿皮肉的钝响，有次迟仲谦的身子差点摔下马去，可他还是直挺挺地坐在马上，与狄仁杰并驾齐驱。狄仁杰意识到不好，取出所有箭镞，狠狠向暗箭飞来的方向射出去。林中传来声声惨叫，追兵暂且被消灭。

狄仁杰伸手抓过迟仲谦的马缰，拐进官道岔口，直蹿过去，向远离洛阳府的方向跑了一阵。迟仲谦终于不支，摔下马来。狄仁杰放下阿怜，扑过去，搂着奄奄一息的迟仲谦，颤声问："迟大人，你还有何遗言？"

迟仲谦竭力抬起血手，抓住狄仁杰的衣领，上气不接下气道："记得你答应我的事！"

狄仁杰含泪点头道："我定会竭力保全你的家人。"

迟仲谦吃力地点头，嗫嚅道："特使的棺椁，就停在城外桃花庵……"

狄仁杰略一点头，迟仲谦登时气绝。狄仁杰不由得黯然神伤。此时，他们离敌人已远，可仍有几人穷追不舍。其中一人叫道："狄大人，乖乖跟我们回去，你和这小美人会少吃些苦头。"狄仁杰暗暗将飞刀扣住，待他凑近，突然发力，飞刀如疾风般甩了出去。他恨对方狠毒，下手毫不容情。对方哎呀一声，心口中刀，顿时栽倒，其余几人略一错愕，又分头杀来。

狄仁杰见敌人迫近，对阿怜说："你不要动，看我收拾他们。"他将破碎的衣袖一捋，迎头对敌。那使剑的挽了几个剑花，唰唰唰几招，狄仁杰竟攻不进去，另几个使刀的却已攻近阿怜身旁。狄仁杰见那使剑的是个武功好手，一时占不了便宜，可阿怜那边却已危急，蓦地回身，已转到那几个刀手背后，抓住几个家伙后心，一运气，竟将他们尽数拎起甩了开去。

那使剑的见狄仁杰神力，不禁喝了一声彩："好身手！"话音未落，剑锋一抖，向狄仁杰后心攻来。狄仁杰忽地踏步向前，飞起一脚，将一刚刚爬起的刀手再次踢翻，那人怒吼一声，突觉手里一空，刀刃已被狄仁杰捏住，夺了过去。就在此时，其他几个刀手和那剑手同时向狄仁杰攻来。而那被夺刀者已就地一扑，死命抱住了狄仁杰的双腿。在这间不容发的危急关头，狄仁杰微微运气，左手展开拳法，正打在一刀手颊上，那人如何抵挡得住，顿时腾空飞起，向另一刀手的刀刃上直跌过去，幸而那人及时躲闪，才腾的一声跌在地下，没被刀刃开膛破肚。狄仁杰得空偏过身子，右手挥剑，咣的一声格开宝剑，纵身过去，拉起阿怜便要逃跑。

阿怜却甩开狄仁杰的手，指着那剑手，带着哭腔道："是你！那晚你虽蒙面，但我认得你的声音！"

狄仁杰莫名其妙，却知那剑手定是董家惨案的关键人物。

那剑手嘿嘿一笑，道："董小姐，别来无恙啊！"

"他可能是宫里的人，他有宫里的令牌。"阿怜哆嗦着嘴唇，对狄仁杰道："那天晚上，就是他带人劫走我！"说着扭头怒视着那剑手，"我听说爹爹被杀，姨娘被拐走，是不是你，是不是你干的？"阿怜目眦尽裂。

"没错！你爹的确死在我薛祁山手里。你姨娘也去见你爹爹了。你待怎样？"那剑手阴恻恻地说，"就连你和狄大人，今晚也得死在这儿。"

"就算要死，我也得死个明白。"阿怜银牙一咬，挣扎着站起来，"你到底是不是宫里的人？跟我家到底有什么深仇大恨？"

"哈哈哈！"薛祁山仰天大笑，"小美人，反正今天你要死，我就让你做个明

白鬼。说起来,我薛祁山跟你家无冤无仇,是我那皇亲贵胄的主子命我到处找漂亮姑娘。也是你爹命中该绝,碰巧那天张光辅的人跟他过不去,碰巧被我遇上,所以,我碰巧杀了你爹爹,把你劫了去,献给了主子。碰巧主子的朋友想要漂亮姑娘,碰巧你如此美貌,所以,人生就是这么巧之又巧。"

"鬼话!"阿怜怒道。

"信不信由你。"薛祁山无所谓地摊摊手,"不过,今日相见却不是碰巧。主子得到消息,说好管闲事的狄仁杰帮着你杀了他朋友,还逃回了中原,特命我来招呼你们。"

狄仁杰一直凝神细听,见阿怜指证薛祁山,又听薛祁山亲口表明身份,并承认犯案,都一一印证了他之前的推测,也从侧面表明,迟仲谦指证洛阳府尹许玉明通敌不假。可事关重大,他还想探探薛祁山口风,故意插口道:"薛祁山,你主子是薛子仪吧?他是怎么知道我们的行踪?是不是洛阳府尹许玉明通的消息?"

"你怎知……"薛祁山听狄仁杰点破此节,颇为意外,不由得脱口而出,话到一半,又觉不妥,急忙住口。

狄仁杰故意探他口风,是以说到此处,注意他的神情,心知迟仲谦遗言果然不假,不禁凄然望了一眼迟仲谦的尸身。

只因狄仁杰刚才夺刀踢人,露了一手高明武功,几个刀手才对他心有所忌,否则早就再次杀将上来,哪容他与薛祁山如此喋喋不休?他们早已不耐烦至极,上前对薛祁山道:"何必跟他们多言,赶快杀了了事。"薛祁山一听,不再多言,面容一凛,挥剑攻来。

狄仁杰一推阿怜:"你快走,我挡住他们。"

阿怜尖叫道:"要走一起走,我不走!"

狄仁杰心想,你在此只会拖累我,但心中也自是感动。

"嘿嘿,一个也走不脱!"

转眼之间,薛祁山的剑已攻到,两个刀手跟在他后头。余下几个见狄仁杰武功高强,不敢追来,站定身子,取下弓弩,伺机偷袭。两个攻来的刀手双刀齐出,风声劲疾,向狄仁杰砍来。狄仁杰身形一晃,从双刀夹缝中闪过去。两刀手见一击不中,便配合薛祁山,翻转刀尖,向狄仁杰足上攻来。狄仁杰一跃避过,正迎上薛祁山的剑锋,待要避让格挡,已然不及。狄仁杰一咬牙,也不闪避,手中的钢刀照着薛祁山腰间横砍过去。薛祁山哪见过这种不要命的打法,慌忙后仰闪避,瞬间露出个破绽。狄仁杰冷哼一声,手上加劲,翻转钢刀,以刀代剑,直刺薛祁山小腹。薛祁山武功虽高,可身法不及狄仁杰迅疾,当下中刀倒地,重伤之下,再无还手之力。

突然,狄仁杰瞥见不远处两人拉弓射箭,要施暗算,深吸一口气,嘿的一声,两把飞刀击射过去,分别击中敌人心窝。一番激斗之下,狄仁杰伤口爆裂,血流如注,可他咬紧牙关,撑刀在地。剩下的敌人见狄仁杰如此勇猛,吓得魂飞魄散,哪里还敢再战,慌忙逃窜。

狄仁杰知道,敌人虽已退走,可不久定然招来援兵,此地不可久留,正想招呼阿怜快走,只觉得脑后一阵冷风,像是利剑疾刺而来,他想闪避,可腿部已无甚知觉。形势危殆,间不容发,狄仁杰哀叹:我命休矣。忽听弓弦一响,身后一声惨叫,接着是扑通倒地的声响。他费力地转身一看,原来那薛祁山临死一搏,偷袭狄仁杰,危急时刻,阿怜捡起地上的弓箭,向他射出致命一箭,救了狄仁杰一命。

"我在山里学会了射箭。"阿怜说,她走到薛祁山的尸体边,捡起宝剑,在他身上恨恨刺了几剑,口中骂道,"恶贼,你也有此报!回头我就去找你的主子让他血债血偿。"

狄仁杰吃力地说:"你摸摸他身上,有没有令牌?"

阿怜闻言蹲下,在薛祁山衣裳里细细摸了一遍,果然摸到一个木牌,瞧着就是那夜见着的令牌,递给狄仁杰。

狄仁杰来不及细看,接过便揣进怀中,道:"快走!"

阿怜点点头,将弓箭挎在背上,将狄仁杰右手搭在肩上,扶着他一瘸一

拐,向敌人留下的马匹走去。

狄仁杰朝阿怜笑笑,勉力拖着身子向前挨去,走了几步,全身脱力,摔倒在地。阿怜大惊,俯身连叫:"狄大人,狄大人!"

远处蹄声渐近,几个蒙面人从马上跳了下来。阿怜大惊失色,连忙架起弓箭对准了来人。来人揭下蒙面黑巾,摆手道:"大首领莫怕,我们是迟大人的手下,卑职郑志平,前来接应你们。迟大人呢?"

阿怜见对方并无恶意,伸手向不远处一指,恻然道:"在那里。"

来人一见迟仲谦遇害,皆黯然神伤。为首的郑志平默哀了一会儿,道:"我会派人把迟大人遗体运回。剩下的人可以留下,任由大首领差遣。不过,依卑职之见,此地离长安不远,我们可以护送大首领和狄大人到长安,面见武太后。听迟大人说,武太后对大首领这个案子,非常重视。"

阿怜低头想了想,道:"狄大人受了伤,劳烦你们先把他救醒,再作打算。"

众人七手八脚把狄仁杰抬到一偏僻的农家,拾掇床铺,让他躺下。狄仁杰失血过多,亏得内力深厚,心智倒没有混乱。众人给狄仁杰上了金疮药,用布条裹好伤口,又喂他喝了几口烧酒。天明之后,狄仁杰终于醒了过来。

阿怜忙介绍了众人身份,又问狄仁杰怎么办?狄仁杰道:"敌人散尽了没有?"郑志平报说大部队已往洛阳方向搜捕他俩,小股人马留在附近搜索。

狄仁杰沉吟片刻,说:"劳烦诸位找两具尸体,身材嘛,要与我和大首领相仿。"阿怜一听,立时道:"我们把衣服给他们换上,让敌人误以为我们已毙命?"狄仁杰点点头。阿怜皱眉道:"可面貌不同,如何蒙混过关?"狄仁杰望向众人道:"偷龙转凤,李代桃僵,对这些大人而言,应该并不困难。"众人七嘴八舌,有的说用刀剑,有的说用火烧。狄仁杰微笑道:"只要能暂时混过去,用什么法子都可以。反正那洛阳府尹许大人没见过我们。只要骗过他一时即可。"

众人纷纷应承,说这小事一桩,包在他们身上。狄仁杰谢过,又道:"我要先修书一封,说明此案始末,求诸位派出好手,快马送去长安,交给武太后。"

众人也答应下来。有人当即四处搜寻，不想这乡野农家，也备有笔墨，当即铺在桌上，由狄仁杰执笔，一挥而就。郑志平派了个耳目灵便的，先动身去往长安送信。

余下的人先回了洛阳府，只有那郑志平留下，伺候狄仁杰吃了东西，又歇了两日，见他气息如常，便催他动身去长安。

狄仁杰沉吟片刻道："下官还想去看看特使大人，再和大首领动身去面见太后。"

郑志平一听，面露难色，道："若是使人送你们入京，这倒好办，可去看特使大人，确是难办。桃花庵虽在城外，可属于洛阳境内，眼下周大人正四处搜捕你们二位，万一落在他们手里，咱们担待不起啊。"见狄仁杰沉吟不语，郑志平又说，"不若如此，在下派人偷偷扶特使大人灵柩入京。等大人到了长安，再见特使大人遗容也不迟啊。那棺椁放满了防腐香料，想来特使遗体不会那么快腐坏。"

狄仁杰自知无法反对，只好听从他们安排了，倒是阿怜突然插口道："薛子仪在哪里？"

郑志平一愣，似是没想到她有此问，稍停，才说："薛子仪本住在府尹大人府中。昨日我们按狄大人的要求部署好了，故意让府尹大人的手下发现了狄大人和大首领的遗体。薛公子一听两位已然身死，便即刻回了豫州。"

狄仁杰道："消息可靠吗？"

郑志平道："应该可靠。今日洛阳府的盘查也松懈不少，我的手下应该很容易将特使的灵柩送出城去。"

狄仁杰默默无语。阿怜知他心中难过，便岔开话题，问郑志平道："我一直想问，你们既是迟大人手下，应该也是吃官饭的，为何要与府尹大人作对呢？"

郑志平一愣，说："大首领有所不知，我等是平民出身，靠着一身武艺，在官府里混个武官做。没人拿我们当回事，除了迟大人。之前，我得罪了府尹

大人的夫人，差点被革职问斩，幸亏迟大人为我开脱。士为知己者死，我等自然要为迟大人效命。"说着，又长叹一声，"说起来，府尹许大人跟迟大人一样，都是科举出身，并不是世袭的官职。可许大人的夫人是贵族女子，是以许大人从不将我们这些寒门出身的人瞧在眼里。哼！我就不懂了，出身当真如此重要吗？"

狄仁杰瞧了他一眼，道："英雄莫问出处，外人的看法，又何必如此挂怀？"

"是了。"郑志平点点头。

"不过，你帮了我们，回去之后，如何自处呢？"狄仁杰担忧道。

"嘿嘿，这个大人不必忧心。"郑志平得意道，"我等虽是武夫，但自有生存之道。平日里与迟大人交好，并不曾过了明路。此次为迟大人做事时，均以黑巾蒙面，操的家伙也不是平日里使惯的。周林那群人定然察觉不出是我们跟他为难。高高在上的许大人，就更不会知道了。"

"那就好。"狄仁杰点头赞道。

郑志平又道："夜长梦多，卑职劝大人即刻与大首领动身入京。迟大人遇害，卑职已内疚非常，若是你们再有什么三长两短，卑职更是难辞其咎了。"

狄仁杰刚想答话，阿怜突然冲口而出："我不走。"见两人愕然望向自己，她咬着嘴唇，一字一顿道，"我要回豫州，找薛子仪报仇。"

郑志平一听，慌忙道："大首领切莫贸然行事，那薛公子可不好对付，他可是皇族薛家的人啊。"他咽下口唾沫，"卑职在洛阳府当差几十年，见过多少巨富商贾起起伏伏，可那薛公子，明着独霸荐头行当，暗地里垄断了烟花业。多少年从未失过脚。真可谓黑白两道通吃哩。你想要对付他，得从长计议。"

阿怜秀眉一蹙，突然伏案垂泪道："爹爹给那贼子害死，此仇不得不报。"狄仁杰想起上官允儿，她死于李文彪之手，却也是薛子仪间接害死，心中顿时痛苦难当，说不出话来。

郑志平见狄仁杰不语，只得提醒道："武太后极为关注董家一案，如今狄大人已将董小姐救出，又给太后发了密信，若两位不及时入京面见太后，恐怕太后会心生疑虑。"

狄仁杰自然明白他的好意。此案涉及关陇贵胄，若他擅自带阿怜去找薛子仪寻仇，引起局势动荡，武太后定然会怪罪于他。更何况，如今的阿怜已贵为俚人大首领，回到中原若不先参拜武太后，难免惹来朝廷对她的猜忌。可眼下，敌人误以为他与阿怜葬身于此，才稍有松懈。他若不趁此机会穷追猛打，恐怕再难救回那些失踪的女子。相信不久，敌人便会觉察被骗，到那时候再想破案，怕是比登天还难了。他想起了那些枉死的姑娘，想起死于非命的冯至代和迟仲谦，想起未能见上最后一面的上官允儿，心如刀割地低下了头。

"回豫州。"狄仁杰听到自己低沉的声音。

阿怜从怀里掏出一个布包，放在案上，打开来，露出一只乌黑发亮的玉石扳指。她拿起扳指，蘸一下砚台里的墨汁，在纸上用力按下去，接着，将扳指擦净包好入怀，随后拿起那印着扳指花纹的纸张交给郑志平，道："烦你将这个送去岭南山中，我的族人见到这个，自会听你差遣。"

那郑志平颇为疑惑："大首领要我做什么呢？"

阿怜道："你跟冯师爷说，让他点齐人手，日夜兼程，来豫州跟我会合。"顿了顿，又说，"记得多带些人手。"

郑志平本对她报仇一事颇有疑虑，见她如是说，才晓得她会点齐帮手，再去跟敌人决一死战。他身在公门，听说过俚人能征善战，暗忖有他们帮忙，阿怜颇有胜算，便欣然答应下来。

阿怜见他答应，连忙盈盈拜了下去，凄然道："若大仇得报，救回那些幸存的姐妹，董星怜定不忘大人恩情。"吓得郑志平连忙还礼。他见时间不早了，给狄仁杰和阿怜留下点银两，便径自去了。

第16章

深入虎穴

经过好多天的日夜兼程,狄仁杰与阿怜乘坐的马车终于到达了豫州府境内。裴行笕早已接到狄仁杰的飞鸽传书。为不走漏消息,他只带着许方亮等几个心腹迎接了他俩。而许方亮之前已从狄仁杰的信中得知了阿燕的噩耗,自是一番惋惜悲痛与无可奈何。

裴行笕紧紧握住狄仁杰的手,眼神里既有久别重逢的喜悦,又有几分焦虑不安。狄仁杰理解这位儿女情长的搭档兼助手,凑到他耳边悄悄地说:"小玉很好。她在岭南待产,等你去接她和孩子。"

裴行笕大为激动,还想多打听一点关于妻子的消息,可眼下情势危急,也不容许他节外生枝了。众人悄悄回到刺史府,商议接下去的行动步骤。

裴行笕说:"早先,薛子仪知道我们在查他,将不少武功好手调到织云观。戒备森严,连屋顶都有高手巡逻。我们再也不敢贸然闯入。更可气的是,某日,薛子仪偷换了侍卫的衣服,从我们眼皮底下,悄悄逃到了洛阳。后来,因了大人的巧妙安排,洛阳府尹许玉明以为大人和董小姐,已葬身密林。薛子仪自然放心地溜回了豫州。我按狄大人飞鸽传书上的指示,按兵不同,任由薛子仪入了境,眼下他还在织云观内。"

狄仁杰忙问:"翡翠怎么样?有没有再跟你通消息?"

裴行笕脸上微微一红,道:"他们没有对翡翠起疑心。目前观里的消息,都是翡翠告诉明珠,再转述给我的。"他斜了狄仁杰一眼,见对方脸色如常,便说了下去,"织云观内一切平静。或许是薛子仪以为大人已死,所以没有急着处置剩下的女犯。"

许方亮插口道:"我的眼线胖道姑,眼见此案凶险,不愿再涉险。我也不便勉强,安排她远走他乡还俗去了。如今,能接应我们的,只剩下翡翠道姑了。"

狄仁杰点点头道:"翡翠真是个有胆有识的好姑娘。"沉吟片刻道,"事不宜迟,我们这就进去找他们。"

阿怜说:"我进过织云观,可被蒙着眼睛,不知路径。那地方机关重重,戒备森严,你贸然进去,只怕不便。"

狄仁杰道:"不妨。我有一件好东西,正好用上。"说着取出一个令牌,便是从那薛祁山的尸身上搜出来的。狄仁杰知道这令牌必有后用,一直留在身边。

阿怜喜道:"先进去探探路也好。不过,你要乔装打扮,我可以扮作你的跟班。冯师爷是易容能手,我闲时无聊,跟他学了几手,刚好使出来。"

狄仁杰知道她报仇心切,那是一片孝心,劝阻不得,只得点头允了。

"不过,我有个条件。你不可擅自行动,要等你的族人到来,有了帮手,谋划好了,再跟我行动。"

阿怜大喜:"这是当然。"

裴行笕忽道:"族人? 可是一众俚人? 近日有姓冯的老者,带了一众俚人来府,说是要求见狄大人,还说有要事相商。我估摸着可能跟此案有关,又不敢轻易透露你的行踪,只好擅自做主,要他们在城外农家秘密住下,想等你回来,再做打算。"

阿怜喜上眉梢:"定是冯师爷带族人来帮我了。来得好快!"

狄仁杰忙派人出城,将冯师爷一行悄悄迎进府中。众人相见,分外欢喜。阿怜对狄仁杰说:"狄大人,快说你的计划吧!"

"慢着。"裴行笕怫然不悦,插口道,"我跟你们一起去。"

阿怜眼望狄仁杰,听他的意思。

狄仁杰心道:这次深入魔窟,本已危机四伏,阿怜不会武功,要保她周全已是不易,多一个帮手也好。正要出口答应,忽见冯师爷伸手暗扯裴行笕衣

角,连使眼色,还说:"裴大人,府中也需有人坐镇,还是让狄大人带大首领去吧。"

狄仁杰心中一动:冯师爷似乎有意要我跟董小姐单独相处。我护送她回洛阳,沿途保镖尽皆殒命,只剩我们孤男寡女,只怕已经引起旁人误解。虽然我一心为公,绝无私情,还是避一避嫌的好。于是他对裴行俭道:"你跟我们同去。我们搭档已久,合作更默契。委屈你一下,也要易容才行,他们认得我们几个的相貌。"

裴行俭点头称是,入内请人易容。冯师爷跟了过来,笑道:"老弟,你怎的不明白我心意。"

裴行俭莫名其妙。

冯师爷低声道:"实不相瞒,我虽效忠冯氏,实身负朝廷重任,团结壮大俚人部族。冯夫人虽当了大首领,可若没有一个强有力的夫君扶持,是万万不行的。狄大人足智多谋,于大首领有救命之恩,大首领对他显然又很倾心……"

裴行俭吃了一惊:"大首领?就是董小姐?你要她跟狄大人……?"

冯师爷点点头:"朝廷若是知道,定然也会支持。你为何要去搅局?"

裴行俭失声道:"俚人部落不是很排外吗?再说,狄大人又不姓冯,不是冯冼部族后人啊。"

"你知道什么?俚人崇尚勇士,狄大人在岭南奋勇杀敌,早已成为俚人心中的英雄。"冯师爷胸有成竹道,"实不相瞒,冯冼一族已经没落,人才凋零,威望大不如前。只要有朝廷支持,大首领择狄大人为佳婿之后,这支勇猛的俚人奇兵便尽数归我汉人,哦不,归于朝廷所有了。"

裴行俭见冯师爷张口闭口都是朝廷,亦不好忤逆他的意思,只得说:"那我不去就是了。"

冯师爷道:"你现在不去,太着痕迹了。见机行事吧,若能撮成这对姻缘,我定会上奏朝廷,为你美言。"

裴行筦苦笑一下,心中暗道:就怕是你一厢情愿。但转念一想,若是狄大人真能娶了大首领,自然比当个小小刺史更有前途,自己也该替他欢喜。嘿,这狄大人还真有艳福,特使大人去了,又来了个大首领,真是自叹不如啊!他一边胡思乱想着,一边更衣去了。

入夜之后,织云观热闹得如青楼酒肆,张灯结彩,顾客盈门。

狄仁杰、裴行筦在冯师爷的妙手下,变作两个髯须大汉,换上锦绣衣衫,阿怜则青衣小帽扮作仆人。三人坐着马车,来到织云观。狄仁杰故意不走前门,到了后门口,他掏出那块从薛祁山处得来的令牌,晃一晃,自称是洛阳来客,专程来探望薛子仪。

那守门的见惯此令牌,又知薛子仪刚从洛阳返回,哪里还会起疑?忙不迭地躬身行礼,将三人引入内院。来到内室,守门的退出,另有小道姑接引入内,一路连换了几人。狄仁杰默记道路,心想这薛子仪真是工于心计,生怕有内奸,连引路人也各司其职,不能僭越。最后沿着花园小路,弯弯曲曲走了一阵,来到一排厢房跟前,却也不进屋,从侧门出去,进了一间偏房,请他们入内,端上精美至极的酒水点心。

等了一会儿,薛子仪始终不露面,狄仁杰等坐着苦候。又过了一盏茶工夫,才进来个中年道姑,正是玄机道姑。她笑盈盈地在狄仁杰等人对面坐下,向狄仁杰要来令牌观看。拿去细细看了半晌,又问了些洛阳的情形,见狄仁杰对答如流,才放下心来。

玄机道姑还了令牌,抱歉地说:"公子爷有点要事在办,我又忙于招待客人,让诸位久等了。来来,先吃些茶点。我已差人在后院置一桌酒席,待公子爷办完事,马上来陪诸位饮酒。"

狄仁杰故作大方道:"许大人常说,薛公子热情好客,看来果真不假。我等光用这些茶点,就已半饱啦,哪还吃得下酒席?"说罢,拊掌大笑。

玄机道姑微笑道:"官人客气啦,这只是区区小意思,算得了什么?待会儿有的是好东西,让几位官人大饱眼福。"说着,飞来一个暧昧的眼风。

狄仁杰想了想，连忙道："我们几个远道而来，可不是为了寻欢作乐。受许大人所托，有要事与薛公子密谈。"

裴行俭故意叉起腰，做出一副不满的神气："我等候了甚久，那薛子仪怎的连面都不露？是看不起我们还是怎的？"

阿怜火上浇油道："莫不是看不起许大人？"

玄机道姑深知薛子仪与许玉明交往甚笃，很多秘事连她也不知所以，听闻此言，容色一凛，赶紧说："恕罪恕罪！我们怎敢怠慢许大人的亲随？这公子爷也真是，刚才还在饮酒观舞，转眼就说有要事，不见了踪影。我马上派人去找，马上派人去找。万望几位不要怪罪。"

狄仁杰本是信口胡诌，听她如是一说，料那薛子仪不会无故走开，怕是真有要事。可是什么要事，他也猜不到。眼下，只有瞎说些大事，探探这女人的口风，便挨近身去，悄声说："仙姑，素闻你是薛公子最宠爱的女人，也就是我们自己人，有机密大事，与你商议自然也无妨。不过，你可不能告诉他人知道。"

那玄机道姑闻言大悦，连连点头。

狄仁杰左右一张，悄声说："许大人要我们带信给薛公子。张光辅大人涉案甚深，眼看快顶不住了，万一招出了豫州大牢之事，只怕牵连薛公子，要他赶快想办法。"

那玄机道姑并不晓得张光辅犯了什么大案，却清楚知道他是当朝宰相，也清楚他与薛子仪之间的狗屁倒灶。听狄仁杰提到豫州大牢，不由得大惊失色，拍腿道："这个张宰相，可要把我们害苦了。他自己私藏女犯就罢了，为什么还要转卖给公子爷，还藏在我的道观里？现在可好，他自己失了风，若是这件事也被抖搂出来，可就把我们连累死了。"

狄仁杰听她口气，那些女犯确实藏于观中，且还未丧命，不禁大喜，他怕流露心中欢悦之情，忙低了头。

阿怜趁机向玄机道姑进言说："你得赶紧找到公子爷，让他把那些货都送走。若是他执意不肯，为了大家的安全，只好……"见玄机道姑迷惑不解地望向她，阿怜顺手在脖子上一抹做了个动作。

玄机道姑沉吟不语，皱起了眉头，似乎心中有极大疑难。

狄仁杰心中乱跳，以为阿怜说错了什么，赶紧补了一句："仙姑莫非还不知道？送到洛阳府的女犯，已经全部秘密处决，以绝后患。"

裴行俭想起翡翠曾提过，薛子仪的心腹薛祁山与玄机道姑有过私情，急忙添油加醋道："就连公子爷的心腹薛祁山，也一并除掉了。"

玄机道姑身子一震，眼中闪过一丝哀怨，继而是一丝恨意："哼，是了是了，哄我说都卖了，打发了，原来是都干掉了。罢了罢了，这倒也干净。"

狄仁杰看了裴行俭一眼，暗想你这剂药用得太猛，把谈话带偏了。他不等玄机道姑说话，轻声开口道："眼下，许大人和薛公子正在谋划机密大事，不容有失。你得赶紧通知薛公子，把那些麻烦处理掉。"

阿怜紧接着追问："仙姑，此事紧急万分，不可耽误。你是否知道薛公子在何处？赶紧带我们去找他吧。"

狄仁杰见阿怜逼问得紧，不便拦住她话头，只得紧盯玄机道姑，看她如何反应。玄机道姑的脸色变了几变，显然在顾虑什么，抬头见狄仁杰目光灼灼地望着她，不由得一呆，暗想这陌生的洛阳来客尚且对她这初见之人推心置腹，而同床共枕多年的薛子仪却做下那么多事不让她晓得，哪还顾及昔日的恩情？眼下唯有自保更为重要。她横下一条心，霍然站起身，说："他定是在密室。我带你们去。"

狄仁杰等欣喜若狂，跟着玄机道姑出了偏房，顺着花园的弯曲小径，向假山后头走去。

狄仁杰冲裴行俭一使眼色，裴行俭会意，慢下脚步，落在了后头。他悄悄掩到墙边，趁无人注意，将一颗石子抛出了围墙。这是跟阿怜的族人预先约好的信号。不想那玄机道姑极为警觉，听到格一声异响，竟回转头来，见裴行俭鬼鬼祟祟，疑心顿起，喝道："做什么？"

狄仁杰不等她再喊,右手一探,点了她的哑穴。有两个打手听到玄机道姑那声喊,奔了过来,见她领着三个陌生人站在那里,瞪圆了眼睛,不明就里。狄仁杰抢到他们身边,运指如风将两人点晕。阿怜趋前一步,拔出靴筒里的匕首,笼在袖中,暗暗顶住玄机道姑的腰,低声道:"别动。"

　　狄仁杰见已露了行迹,忙把两个打手的衣服脱下来,跟裴行笕换上,又把两个打手和自己的衣服藏在花木深处,接着,回身扣住玄机道姑的脉门,一拉,轻声道:"得罪了。劳烦仙姑按原计划,领我们去见薛公子。"

　　玄机道姑知道不妙,可半身酥麻,挣脱不得,只得领路。她伸手扳动假山边的一块石头,假山转动,露出一个地道入口。那入口正藏在假山底下,被嶙峋的假山掩盖得毫无破绽。

　　在地下石室被软禁的日子里,阿怜也曾细细查找过这隐秘的出口,可一直没有找到,连一丝线索都没有。后来,即使从里头出来,她也无从得知,这究竟是怎样一个布局。薛子仪和玄机道姑为那见不得光的买卖建这"货仓",真是绞尽脑汁,就像帝王生前为自己建造百年之后的皇陵那般费尽心机。

　　三人俯下身子,跟着玄机道姑顺着台阶向下走。忽听里头有脚步声,一人远远问道:"是谁?"

　　狄仁杰解开玄机道姑哑穴,可依然扣着她脉门。阿怜不敢托大,执着匕首微微前伸,戳破了她的道袍,匕首尖抵入了玄机道姑后背肉里。玄机道姑只得说:"是我。带洛阳府的朋友来见公子爷。"

　　狄仁杰躲在玄机道姑身后,向前看时,见来者笑道:"公子爷在密室里哪,里边请!"说着,慢慢走近。狄仁杰吃了一惊,轻扯阿怜衣袖,示意她不可轻举妄动。狄仁杰松开手,与裴行笕并排,跟在阿怜和玄机道姑身后,一路向前。那站岗之人见阿怜一身华服,紧挨着玄机道姑,不由得会心一笑。再看狄仁杰和裴行笕,穿着观里寻常打手的衣服,只道他们一路,也不再查问,由他们过去了。

　　里头有如迷宫,七拐八绕行了百步,不时遇上守卫,好在都安然过去了。

待走到一扇石门边，玄机道姑触动机关，石门洞开，里头是一排石室。阿怜的呼吸急促起来，她觉出曾在这里被关押过。她努力定下心神，押着玄机道姑向前走去，直走到最末一间，石门半开，隐隐约约有说话声传出来。玄机道姑停步不前，候在门外，似在听里头的对话。狄仁杰贴门一听，知是薛子仪在讲话，立时向裴行笾打个手势，要他回去与翡翠接头，领人进来，自己和阿怜留下，见机行事。

待裴行笾走后，狄仁杰点了玄机道姑麻穴，令她动弹不得，然后，从半开的石门里探头进去，只见四壁都是文字图画，墙角设有书桌笔墨，不知做什么用处。薛子仪一人坐在桌前一张太师椅上，两个女子跪在他面前，显然在听他训话。狄仁杰心想：我从未跟薛子仪交过手，不知他本事如何。那两个女子又是何人？怎的对他如此驯服？倒起了好奇心，当下探头又看。

第17章

飞花逐日

自打得知除掉了狄仁杰这个眼中钉肉中刺,薛子仪简直心花怒放。而玄机道姑眼见这么大的危机,薛子仪也能应付自如,又对他平添了几分敬意,主动让位,让翡翠陪着薛子仪荒唐,反正她可以在来客中物色到新的相好。薛子仪对玄机道姑的识相感到非常满意,两人的关系再次融洽起来。

　　这天晚上,薛子仪搂着翡翠,一边饮酒,一边观看歌舞表演。可不知为何,眼前花枝招展的美女们再不能提起他的兴趣,他的脑海中酝酿着一个新的计划。这次事件提醒了他,只要武太后把持朝政一天,以李氏皇族为首的关陇八贵族就休想有好日子过。除掉了一个狄仁杰,日后搞不好还会冒出宋仁杰、王仁杰什么的。从前他也想过这个问题,只是忙于赚钱不太在乎,可眼下不同了!经历了风浪,他不再无所畏惧,好不容易转危为安,又岂能容忍威胁自己的武太后存在?他暗藏了杀机,要消灭那个只手遮天的老太后。

　　薛子仪随手抓起桌上一只青花瓷的小口酒杯,用力一拍,酒杯整整齐齐地嵌入了桌面之中,他想着自己的心事,狞笑起来,笑声越来越响。

　　一个手下不知发生了何事,抄起家伙纵进了花厅,叫道:"公子爷,出什么事了?"

　　薛子仪瞪了他一眼:"大惊小怪什么?快去给我拿件斗篷过来,我要去密室看看。"

　　薛子仪披上斗篷,去密室查看。他虽离开了一阵,可玄机道姑对女子们的训练从未停止。除了诗词歌舞之类娱人的把戏,那些有天赋的女子被挑了出来,教授了速记、偷听、窃取情报等本领,以便将来充当细作。自然,能承担这种特殊任务的女子并没有几个,其中有两个还曾是张光辅弄出来的女犯。

薛子仪要见的就是这两个女犯，小薇和小红。她俩被隔离起来接受细作训练之后，曾要求见见一起来此的姐妹们，可薛子仪拒绝了。

"别以为她们去伺候恩客就是有福。等她们将来人老色衰，就会被赶出去，流落街头的日子可不好过。"其实，薛子仪是担心她俩看到那些难姐难妹穿金戴银、花枝招展的模样而心生嫉妒，不肯再安心受训。

两女见许久不曾露面的薛子仪单独来看她们，不由得受宠若惊，齐齐跪下向他请安。

此时，薛子仪已不是那个穷凶极恶的人贩，他微笑的脸上透出几分男子的俊俏。他欣赏着两女的跪姿，过了一会儿，故意深深叹息一声。

两女子面面相觑，露出惊慌之色。

待到戏做得差不多了。薛子仪才缓缓道："你们犯了死罪才被打入大牢。若不是我好心收留你们，你们眼下还在火坑里受苦。"

这些言语，薛子仪跟女犯们说了无数次。女犯们与世隔绝，哪里会知道，豫州谋反大案，狄仁杰已为众百姓平反？她俩只知道，在牢里、在军中受尽凌辱，被转卖到织云观后，饮食有度，生活规律，再不必活在朝不保夕的惊恐中，自然对薛子仪深信不疑，继而感激涕零。

小薇忙说："小女子身受公子爷大恩，来世愿结草衔环，做牛做马。"

薛子仪将目光投向小红，似在问："你呢？"

小红急忙表示效忠，他这才满意地点头，缓缓道："我好心收留你们，希望帮你们避过劫难。可是，当朝太后武氏却不肯放过你们。"他停了一下，斟酌着措辞，暗想若不说得严重些，不足以勾起两女子对太后的仇恨，于是说道，"武太后已下旨将你们的家人全部处死，还发出通缉令，大力搜捕你们。我、我快藏不住你们了。"说着，连连顿足，仿佛痛不欲生的样子，一边偷偷观察两女的表情。

小薇和小红对望一眼，小红凄然道："公子爷，你就把我们交出去吧，不能连累了你。"

小薇霍地站起身，眼里射出仇恨的怒火："好个武太后，我就是做鬼也不放过她。"

"好！"薛子仪等的就是这句话，忙接口道，"我自然不舍得把你们交出去。眼下，还有机会给你们报仇，就怕你们不肯干。"

两女一听，即刻下跪道："请公子明示！"

薛子仪把目光投到她俩脸上，心中冷笑，慢慢从袖口掏出一根细小的竹管，交到小红手上："你们伺机将这竹管放入武太后寝宫，大仇就算报了。"

"太后的寝宫？"

见她俩面露难色，薛子仪嘿嘿笑道："我马上送你们进宫。宫里自有人接应，会把你们安排到武太后身边当差。"

小薇见小红畏缩不前，便伸手接过竹管，见管身细长，一点碎布封着管口，正想打开看看，薛子仪急忙阻拦："住手！这竹管中藏着一只毒蝎子，剧毒无比，只要被蜇一下，就是一头水牛，也会即刻暴毙。这是我花重金从西域买回来的。"

小薇吓得哆嗦了一下。薛子仪笑着安抚道："别怕，它不会爬出来，除非嗅到武太后寝宫里的龙涎香气味。"略一沉吟，他又说，"得手之后，自有人接应你们出宫，把你们送回此地。到时候，我会送你们一大笔银子，你们想留在此地也罢，想远走高飞也好，悉听尊便。"

小红疑惑道："公子爷，你在宫里既有内应，为何不让她出手，岂不更加方便？"

薛子仪不高兴地瞪了她一眼，道："你们是生面孔，无人会注意你们，下手更加方便。"其实他怎舍得潜伏宫中多年的细作送死？而这两个女犯，无论是否得手，都可马上灭口，顺便把罪名往她俩身上一推。他为这天衣无缝的计划得意着，暗想：此处应有掌声。忽听门外响起了啪啪的鼓掌声。莫不是幻听？他一激灵站起身来，伸头探视。

那鼓掌声越来越近，伴随着清脆的叫好声："薛公子，真是好计，好计！"

"借刀杀人,太高明了。"一个熟悉的男声嚷起来。狄仁杰为玄机道姑解穴,把她先推进石室。

薛子仪见进来一个打手和一个身材矮小的华服男子,并不怎么惧怕,依然端坐不动。倒是玄机道姑奔到他身边,慌里慌张地说:"他们自称是洛阳府许大人的人,找你商议要事。"

狄仁杰和阿怜兀自向前。阿怜缓缓揭开面具,向薛子仪笑道:"公子爷,我爹爹请你去董宅饮酒。"

薛子仪陡然认出了阿怜,这一惊非同小可,顿时跳起来,张口结舌道:"董大人不是死了吗?"

阿怜厉声道:"没错,他请你去阴曹地府饮酒。"

薛子仪意识到来者不善,阴沉地盯着他俩,却又坐回太师椅,冷冰冰地说:"尊驾到底是谁? 有何贵干?"

狄仁杰从容不迫地说:"薛公子,我跟你有过一面之缘。现下,想跟你做一笔交易。"

"我从不跟陌生人交易。请回吧。"薛子仪说着,拱拱手,示意玄机道姑送客。

狄仁杰微微一笑,从怀里拿出一样东西:"薛公子,别说得那么绝对。你看这是什么? 我想用它换你身后那两位姑娘。"

薛子仪凝神望向狄仁杰展开的左手,见是自家的令牌。那令牌使他慌乱起来,他嗫嚅道:"你到底要干什么?"

狄仁杰道:"不必多问,把那两个姑娘交给我即可。"

就在这时,外头传来喧哗声,两个打手冲进来。薛子仪眉心一皱,长剑出鞘。狄仁杰一跃而起,双手侧伸,一手一个,抓住两个打手的衣襟提了起来,双手一合,两个打手头颅相碰,登时撞晕过去。阿怜掏出匕首,便要向两人心口戳去。狄仁杰将那两人向薛子仪方向一甩,伸手扯过阿怜,低声道:"有人来了。"只听外头脚步声乱响,有人高喊:"狄大人! 大首领!"

阿怜听出是裴行笕的声音,心知救兵来了,捏住狄仁杰的手用力一握,激动地叫道:"在这里!"

　　一众人等跟着裴行笕奔了进来。那裴行笕一见狄仁杰,便道:"大人,外头暂已被我们控制。可还是跑了几个武功高强的歹人。"

　　狄仁杰略一点头,刚想答话,忽地又进来一伙儿人,头插羽毛,手握铁枪,朝阿怜围拢过去。狄仁杰暗想:原来俚人勇士全部出动,怪不得薛子仪的人抵挡不住。他再次转向薛子仪,伸手一抹,将面具揭下来。

　　薛子仪一愣,随即认出,眼前这个陌生人,就是他以为已经命丧黄泉的狄仁杰。同时,他也明白,他的心腹薛祁山一定是回不来了,恐怕许玉明也自身难保。这个狄仁杰太可恨了,在他好不容易接近胜利巅峰的时刻,又将他推进可怕的深渊里。他想撕碎狄仁杰,再将他扔进地狱之中。可他不敢动弹,他知道俚人勇士的厉害,他们手中的长枪若是一起戳过来,足以让他变成肉泥。

　　"公子爷,到底出了什么事?"躲在角落里的那两个女犯轻声问道。

　　哈,怎么忘了还有这张王牌?薛子仪伸出一根手指点住狄仁杰,号叫道:"是他,是他怂恿武太后通缉你们,也是他制造了豫州冤案。小薇,快,快扔竹筒!"

　　两女子立刻将仇恨的目光投向了狄仁杰。

　　阿怜起初见形势大好,满心欢喜,但随即见薛子仪倒打一耙,已很不高兴,眼下见两女子听了薛子仪的挑拨,似想对狄仁杰不利,一时愤怒至极,倏地挡在狄仁杰面前,向薛子仪一指,高叫:"别中这恶贼的奸计,他才是幕后黑手! 他杀了我全家,把我卖给奸人,受尽苦楚。"想起昔日惨状,阿怜几度哽咽,"是他,都是他干的……"

　　"别信她的谎话。他们是来抓你们归案的。"薛子仪打断阿怜的哭诉,高喊道,"只要他们不死,你俩跑遍天涯海角,也依然是逃犯。快啊,快扔竹筒。"

　　见小薇已跃跃欲试,阿怜急叫起来:"狄大人早已为你们平反。是这个恶贼扣着你们不放，还杀尽了你们被卖到洛阳的姐妹。他还想骗你，骗你去谋杀太后！"

小薇娇躯一震，颤抖着声音问薛子仪："公子爷，她说的是不是真的？"

玄机道姑突然歇斯底里地喊起来："是真的，都是真的！这恶贼什么都干得出来！你、你还我薛祁山命来。"说着，张开五指，向薛子仪脸上抓去。

小薇尖叫一声，拧开竹筒上的布塞，奋力向薛子仪一抖。毒蝎激飞而出，伸出尾刺向薛子仪戳去。

薛子仪临危不乱，一把抓过近身的玄机道姑，往胸前一档，蝎尾划过玄机手背，掉在地上。他顺势一推玄机道姑，倏地跃起，只听得乒乓声响，太师椅已被数根长枪击得粉碎。薛子仪长剑一出，俚人勇士连声惨叫，中剑受伤。石室内尘土飞扬，薛子仪在人群中纵横来去，霎时斗得猛恶至极。

刹那间，玄机道姑全身僵硬，毒素在她身上迅速扩散，她言语含混不清，两只惊恐的大眼死死盯着薛子仪。

阿怜颇为不忍，起身去拉玄机道姑，一边扭头向族人喊道："快给她解毒！"众俚人听得大首领呼喊，登时住手，离了薛子仪，围拢过来。玄机道姑却一把甩开阿怜的手，从脖子上扯下一个挂坠，摔在地上，嘶吼道："还给你！还给你！你这小狐狸精！你这个灾星！都是你，都是你，否则我早和情郎双宿双栖了。"她的声音渐渐变小，最后几乎听不到了。

阿怜捡起挂坠，认出是自己之物，当初她为求脱身，将其送给了玄机道姑，一时黯然神伤。而狄仁杰晓得，玄机道姑将阿怜错认为翡翠，不由得恻然。他把阿怜从地上拉起来，轻声说："别靠太近，她中了蝎毒，没救了。对她而言，这样的结局或许好过受审。"

"呸！你凭什么审我们？"薛子仪立在墙角，一眼不望玄机道姑，仰天长笑，"我们贵族子弟，高高在上，天命所归。你们这些寒门出身的贱民，仗着军功，仗着科举，一入五品，便可上朝廷的勋格志，与我们这些贵族子弟平起平坐，凭什么？武太后那个乡野出身的贱婢，就爱任用你们这些贱民，因为你们

一样低贱！"

　　狄仁杰琢磨着他话中刻骨的恨意，感到淡淡的怅然。他注视着薛子仪，叹口气道："薛公子，我理解你的心情。但是，这并不能成为你漠视生命、漠视女性的理由。况且，王子犯法，与庶民同罪。作为执法者，我只能依据大唐律例行事。"

　　薛子仪傲然昂头，恶狠狠道："大唐律例？就算是这大唐天下，也属于我们关陇八贵！我买卖几个女人又算得了什么？"他扭过头，望着阿怜狞笑道，"我唯一的失算，就是没想到李文彪会把你送给蛮夷大首领。早知如此，就留下你，慢慢玩弄，慢慢折磨。"

　　阿怜俊俏的面孔冷若冰霜："什么关陇八贵，我看也不过是烧杀掳掠、欺凌百姓的宵小之徒！你们连给武太后提鞋都不配！"

　　"你个贱婢懂什么？"薛子仪高叫。

　　"住口！不许你侮辱大首领！"裴行笕看不过眼，厉声叱道。

　　"大首领？真可笑！牝鸡司晨，牝鸡司晨，你就跟武太后一样，牝鸡司晨！"薛子仪歇斯底里地狂叫起来。

　　狄仁杰皱眉道："薛公子，这里已被我们包围，我劝你还是束手就擒吧。"

　　薛子仪脸色一变，眼神闪了几下，突然敛了怒容，嘿嘿冷笑："人人都道你狄仁杰如何精明神勇，我看也不过如此。若不是你施了诡计，害我落单，你哪有本事拿得住我？"言下之意是，若是单打独斗，狄仁杰定无法胜他。

　　阿怜眼见薛子仪拖延时间，担忧事情生变，忙插口道："你恶贯满盈，人人得而诛之。"转头向狄仁杰道，"狄大人，别听他多言，赶紧将他拿下吧。"

　　不等狄仁杰答话，薛子仪又是一声冷笑："哼，寒门子弟做事就是如此，惯于一拥而上，从不遵守规矩。"薛子仪自幼得名师授艺，剑术颇有造诣，自信纵然狄仁杰武艺高强，也不见得胜过自己。眼下形势危急，若不迫使狄仁杰与他单打独斗，他是再无胜算。唯有与狄仁杰久战对耗，再设法趁隙逃走。他拿定主意，横剑当胸，冲着狄仁杰喝道："怎样？敢不敢领教我们贵族子弟的精妙剑法？"

狄仁杰见薛子仪困兽犹斗，又口吐狂言，辱及众人，暗想：若不露一手上乘剑术，将此人降伏，这件事难以轻易了结。于是，他解下腰间软剑，跃入圈内，笑道："那就让在下领教公子高招。"

众人见他俩过招，各自退后，团团围了个大圈子。裴行俭提剑站在圈内，为狄仁杰掠阵。

薛子仪咬牙切齿地叫道："看剑！"寒光闪处，宝剑已点狄仁杰面门。

狄仁杰身子一偏，右手剑将要递出，忽见对方只是虚晃一招，剑尖已罩住了自己胸口几大要穴，只要自己长剑一动，敌剑即刻乘虚而入。狄仁杰叹服之心顿起，忍不住赞道："好剑法！"伴着话音，他身子一仰，向后急闪。

薛子仪一招得手，扬扬得意，却知这是对手诱敌之计，因为狄仁杰下盘未动，只待自己宝剑刺出，对手便会挺剑疾攻自己上盘，当下再次横过宝剑，先护自身。刚才一拆招，他已知狄仁杰非剑术泛泛之辈，是以谨遵师命，以自保为上。可他并不知道，这便是贵族子弟使剑的劣势，因自幼性命矜贵，不似江湖人那般以命相搏。若是寻常切磋就罢了，一旦与高手过招，在气势上已先输了三分。

阿怜深恨薛子仪适才侮辱自己，见两人斗得激烈，便从俚人手中抢过弓弩，想射薛子仪一箭。裴行俭见她举起弓弩，吓了一跳，忙伸手拉住，悄声道："你做什么？"阿怜用力挣开他，叫道："我要帮狄大人。"裴行俭再要拦她，被两只铁箍般的手架住，动弹不得。他怒目望去，原来是两个俚人勇士。他们不懂汉语，以为裴行俭对大首领不敬。阿怜也不解释，转头架上弓箭，对准薛子仪射了出去。

薛子仪全神盯着狄仁杰的长剑，箭镞飞来，犹如未觉。

阿怜正喜得手，蓦闻叮的一声，薛子仪剑尖微颤，竟将箭镞反射回来。阿怜不及躲闪，唯有闭目待死。就在这刹那间，一俚人勇士飞身挡在她身前，众人大声惊呼，眼看勇士将血溅当场，却不想那箭头刚好射中勇士胸口的护心

镜,当的一声,掉落在地。阿怜捡回一命,心自狂跳,忙向勇士致谢,又示意手下放开裴行笕。

此时薛子仪剑法突变,灌注内力于剑身,全力强攻,想是将一腔愤恨都发泄在对手身上。可狄仁杰将手中长剑施展开来,招招严谨,密不透风,偶有一两招抢攻,于守成中异军突起,连不懂剑术的众俚人都看得眼花缭乱,咂舌称赞。

薛子仪久战不下,心中焦虑,瞥见众人均全神观战,防卫稀松,心道机会来了。待斗到紧处,薛子仪陡然翻个筋斗,衣襟带风,从众人头上一掠而过。众人目瞪口呆,不及阻拦。

狄仁杰哪肯容薛子仪走脱,当下凌空一跃,挡在他前头,随即剑随身走,绵绵而上。薛子仪大惊之下,拼死抵抗,但见对方愈战愈勇,剑招如潺潺流水,永无休止,惶恐之中只得连连倒退。

众人自动分开,让出一条通道。

此时,薛子仪心头忐忑,步法微乱。狄仁杰一见,大喝一声,连攻数招,当即剑影幢幢,薛子仪直觉浑身上下都被剑光笼罩,心中大骇,急急退避。

狄仁杰乘胜出击,长剑当空劈下。薛子仪听到风声飒然,头颈急缩,突感顶门一凉,帽子已被削下,乌发披了满面,心中登时大怒,挺剑便刺,不想用力过猛而下盘不稳,跌倒在地。待回过神来,狄仁杰的剑尖已指着他的鼻端,距离仅有寸许。

阿怜满腔悲愤,高叫道:"杀了他!"

狄仁杰虽恼恨薛子仪狡诈,却不欲伤他性命,注视了他片刻,缓缓放下兵刃,正色道:"薛公子,你认输吧!"

裴行笕掏出绳索,正要上前,忽听走廊里传来一阵呼喝叫喊声,像是有人追逐打斗,便向石室门口望过去。那呼喝声越来越近,门口忽然拥入几个人来,见薛子仪披头散发,坐在地上,当即挥刀冲众人扑来,口中叫道:"公子爷,我们来救你!"原来是几个打手挣脱了绑缚,抢了兵刃攻了进来。

薛子仪见来了救兵，精神一振，便想起身，突觉左手一痛，却是适才落地的毒蝎蜇了他一口。他想起玄机道姑临死前的惨状，顿时怪叫一声，跳将起来。可他的救兵正和俚人勇士打作一团，无暇前来施救。

狄仁杰等瞧向薛子仪，见他面上尽是恐怖之色，一张俊脸扭曲变形，不忍卒睹。又见他几番举起宝剑，想朝左手砍落，可刚劈下却又缩手，始终下不去决心。

狄仁杰脸现恻然之色，低声问阿怜："你的族人或有办法，帮他解毒？"

可阿怜冷冷睨着薛子仪，袖手不语。

片刻工夫，只见薛子仪左手变黑，整条左臂肿胀起来，转眼毒气便要攻心。那薛子仪双眼一翻，忽地伸出右手连点自己几个要穴，暂阻毒性蔓延，狂奔向墙角，摸住一块青石，用力按下去。

阿怜惊道："不好，有机关，他想跑！"

可那薛子仪并未逃跑，待做完这一切，端坐在地，双眸仰视，精光四射，稍停，对众人微微笑道："有你们一起陪葬，再好不过。"

那石室顶上突然轰然一声巨响，烟尘弥漫，石块跌落。众人都大吃一惊。

狄仁杰仰头，向上一望，脸色骤变，突然大叫："要塌方了，大家快跑！"语声甫毕，双手已抓住阿怜，飞身出门。裴行笕和众人跟着跃出去，再无人向那薛子仪瞧上一眼。

大家跌跌撞撞一路狂奔，转眼天摇地动、石头横飞，沿途均是被掉落的石块砸死砸伤的打手。幸喜众俚人体力惊人、身手敏捷，相互拉扯、扶持，护着小薇、小红，跑出了这行将覆灭的地下魔窟。

狄仁杰拉着阿怜一见天日，马上松开拉住她的手。阿怜早已脱力，立足不稳，摔倒在地。狄仁杰忙运起内力为她过气。此时，地道中的轰隆声一阵紧似一阵，听得众人皆心惊胆战。过了一阵，阿怜幽幽醒来，见到狄仁杰，哇的一声哭了出来，顺势倒在他怀中。狄仁杰连忙将她扶住，交到俚人手中。众俚人见大首领安然无恙，俱是欢喜。

过了良久,密道里响声停息,裴行俭自告奋勇,跑过去查看。见临近那密道的地面皆近塌陷,碎裂的假山横七竖八堵住了入口,再也没法入内,只得回来,向狄仁杰禀报。

狄仁杰长叹一声:"我初查此案,已觉察到薛子仪心计之深,实非常人能比,哪知还远不止于此。这密道如此隐秘,机关如此巧妙,还设有自毁装置,相比之下,李文彪之流可算是微不足道了。"

裴行俭嗤道:"我看他是早知自己会一败涂地,是以早早造好了这墓穴,跟自己的情妇合葬于此。"

狄仁杰摇头道:"这自毁装置未必是他为自己准备的。"

阿怜本已止哭,闻言又流下泪来:"狄大人说得是。这地方是为危急时刻,埋葬我等被拐卖的姐妹们而建。"

被救的小薇、小红一听,俱是一凛,心中又是感激,又是惭愧,齐齐跪下,叩谢狄仁杰大恩。

狄仁杰扶起她俩,道:"两位大姐不必多礼。薛子仪虽已伏法,可他的同伙还逍遥法外。日后一旦落网,还望二位做证,将其绳之以法。"

两女连连允诺,再次盈盈拜倒。

狄仁杰眼前突然青光闪耀,心知不妙,推倒二女,嗖地跃起。一片细微的毒砂,哧哧哧射入草里。小红惨呼一声,面色青紫,业已气绝。小薇匍匐在地,丝毫不敢动弹,吓得啼哭不止。

这一次变化,事先毫无征兆,本来非打中狄仁杰与那二女不可,孰料他本领过人,竟在间不容发之际避了过去。他惊怒交加,身到半空,便即前扑,向那施以暗算之人扑击过去。

众人见到这惊心动魄一幕,竟都呆住了,说不出话来。阿怜在旁观战,看得清楚,那施以暗算之人便是那奸细的兄弟,亦是族中第一勇士。她暗暗惊惧,为狄仁杰忧心,苦于自己不会武功,没法出手相助,眼见对方出手狠辣,当即高声喝问:"你兄弟是奸细,死有余辜,你怎的是非不分?"

对方嘿嘿冷笑:"死到临头,那么多话!"

狄仁杰听他操一口北方官话,心头一跳:"你到底是谁?"

"别以为只有你会易容,我也会。"对方伸手在脸上一抹,摘下个精巧的人皮面具道。

"你杀了他,制了这面具?"阿怜怒问。

对方不答,只是一味狂笑:"我要为主子报仇!"此人言语间,抹脸、拆招、叫骂一气呵成,转瞬又从一俚人手里抢来一柄长枪,舞动得虎虎生风。这时,他左手从靴筒中掏出一把匕首,右手使长枪,左手使匕首,兵刃上大占便宜。

众人见形势危殆,不约而同上前助阵。只听当的一声,裴行笕的长剑被那人的匕首削断,其他几个俚人勇士亦被他的长枪扫中,倒地呻吟。

狄仁杰待要抢前过招,对方忽然扔掉长枪,右袖中伸出一根长索,嗖地飞来,将狄仁杰右臂缠住。狄仁杰右手一麻,长剑差点脱手,心中愈怒,顺势一拉,扯下袖子,与那长索缠在一起,扔在地下。他暗叫好险,自己虽未受伤,可对方技艺超凡,一味纠缠不清,不好对付,只好说:"薛子仪和李文彪都已伏法,你又何必执迷不悟,与官府作对?"

对方边打边笑道:"我就是执迷不悟,你又怎的?"

狄仁杰不露声色,内心却极为警惕,怕他又突施暗算,正自严加提防,忽闻远处隐隐呼哨之声,蓦地醒悟:糟糕!莫非此人绊住了我们,另有奸谋?也不答他话,回身就走。

对方哈哈大笑,高叫道:"迟了!"说着双足一点,长索疾伸,向狄仁杰头颈卷来。

狄仁杰侧过身子,横扫一剑,长索断裂,那人纵身一跃,左手匕首疾射,向狄仁杰心窝飞来。

此时,外头一阵火光冲天而起,黑烟滚滚,熊熊烈焰从四面八方烧了过来。

"啊!起火啦!"阿怜望着被映红的夜空喊叫起来。

"一个都跑不了！"敌人纵横盘旋，杀招迭出。

众人悚然四顾，赫然发觉去路都已被大火封死。

阿怜四下里望望，意识到这么做毫无作用。在劫难逃的绝望，令她恐惧又亢奋。心脏在狂跳，神经却绷紧，像拉紧的弓弦，做好了启动的准备。她忽然引颈长啸，喊出一种原始而苍凉的声音。众勇士亦以长啸回应，一声挨一声，声声不息。这长啸穿透了夜空，穿透了山林，直到不远处发出了回响。

接着，阿怜做了个手势，众人领命，纷纷架起弓弩，一支支箭镞一齐指向了敌人。她再次长啸一声，狄仁杰听不懂这尖厉激昂的语言，却知阿怜在向他暗示着什么，于是身子一晃，侧身看了她一眼。

在生死一线的时刻，一阵箭雨越过狄仁杰，射向了敌人。"噉……"敌人被永远钉在了原地，唯有他那怨毒的嘶吼，在血色的夜空中经久不散。

正在此时，只听得外墙上发出吱吱响动，狄仁杰等人奔到墙边，只见墙头喷入一股水柱，瞬间浇灭了一片火焰。他大喜过望，身子一跃，跳上墙头，只见十来个官兵，在冯师爷号令下，举起竹筒，向墙头喷水。然官兵武艺稀松，劲力平常，那仓促造就的土制水枪自然发射不远。狄仁杰忙招呼裴行俭相助。两人纵出墙外，扛起水枪，直朝墙内喷射，片刻便为众人辟出一条生路。转眼间，众人皆逃至墙外。狄仁杰不见有人追出，而火势已不可挽救，便不再停留，与冯师爷一起，率领众人马上回府。

一天晚上，豫州府后院裴行俭的住处，张灯结彩、宾客盈门。他和夫人小玉站在门口，笑容满面地招呼着前来喝满月酒的客人。各路客人贺过喜之后，便进里屋入席。裴行俭向来交友广阔，这天爱子满月，不请自来的贺客竟有百多人，令初为人父的他极为开心，吩咐厨子多开了十多席，向各路朋友不断招呼道谢。

狄仁杰、阿怜和冯师爷等自然端坐首席。其余人等按身份辈分择席而坐，猜拳斗酒，甚是热闹。而众人都未注意，在门外灯影里，有一双忧郁的眼睛,牢牢盯着裴行俭。

宴席进行了许久,宾客们纷纷尽兴而归。裴行俭早站在门口,不断作揖告别。狄仁杰见裴行俭满面春风,手中还抱着那个虎头虎脑的儿子,便走上前,拍拍他的肩膀道:"兄弟,恭喜你喜得贵子,也恭喜你与弟妹团聚。"

裴行俭十分欢喜,由衷道:"谢谢你救了小玉和我儿的性命。"

狄仁杰道:"这个我不敢居功。你最该感谢的,应该是董小姐。"

裴行俭一拍脑袋:"确实应该。小玉说过,沿途若不是董小姐诸多维护,她和儿子早已遭了毒手。"他朝狄仁杰身后一望,"咦?董小姐去了哪里?"

小玉缓缓走来,皱眉说:"大首领留下贺礼,先告辞了。"她迟疑片刻,终于对狄仁杰道,"狄大人,其实,大首领已带族人离去。她要我明日再告诉你。可我——"

狄仁杰和裴行俭大惊,齐声问:"她去哪儿?"

"她要进京请愿,去拜见武太后。"小玉抬头看了狄仁杰一眼,"狄大人难道不去见见她?"

狄仁杰略一犹豫,随即向小玉道:"如此甚好。不过,劳烦弟妹引路。"

小玉点点头,转身在前头带路。

裴行俭将狄仁杰和小玉送走,又将婴儿交给奶娘,回转身来,觉暗处有人在盯着他。他向灯影深处望去,见一个纤弱的背影一闪而逝,赫然是明珠。他心里涌出一种说不出的滋味,待要迈步追赶,却被一手下叫住。

"裴大人,有个道姑送来一坛酒,还留下一封信。说是给你的。"

裴行俭接过对方手里的赭色酒坛,认出这是明珠酒肆之物,连忙拆开书信,借着灯火细阅。他与明珠相处时日不多,可见过她记账,她的笔迹早已深印脑海,这书信果然出自明珠之手,她写道:"一见小玉夫人,自惭形秽,不敢再怀非分之想。织云观正在修缮,待落成之后,我将与妹妹翡翠一起入观出家,青灯古佛,了此一生。若有情缘未了,且望来世相聚。"

裴行俭心中难过,意兴索然,顺手打开酒坛,仰头便喝,酒液入口,甚是苦

涩。原来是一坛苦酒,裴行俭此时再也支持不住,腾的一声,跌坐在台阶之上,左手扶住额头,心头酸楚之极。

临行前,阿怜扭头看了一眼夜色中的刺史府,意识到这么做不过是在无目的地拖延时间。离别的空茫与空茫的离别,令她既酸楚又伤感。一切的确该结束了。

"阿怜,狄大人送你来了。"阿怜听到了小玉的声音。

月光透过树丛投射过来,斜斜劈开夜幕,分割成明暗两个区域。狄仁杰缓步走入光亮里,脸部硬朗的线条被涂抹上了一层橘色的光晕,柔和极了。

阿怜陡然见到他,不觉一怔。小玉朝众俚人使了个眼色,一齐退到了远处。

少顷,雾气蒸腾起来,星与月在青蓝色的夜空中飘忽不定,模糊了明暗的边界。世界静谧得恍若一个幻境。她这一次扑入他怀中,他没有抗拒,这是从不曾有过的。他一直控制着自己,似乎就是为了这个不受控制的迷离夜。他的手指隔着衣裙在她单薄的香肩上滑动。她哭起来,啜泣着抱紧他,似乎想要融进他的怀抱里去。

他低声道:"你这就要赴京?"

良久,她收了泪,轻声道:"是!你会跟我同去见太后吗?"

狄仁杰似乎没有料到她有此一问,身子一颤,推开了她,望向她的目光中闪出热切的火焰。他像是要说什么,可是终究没有,眼中的火焰也缓缓熄灭了,代之以一贯的沉稳。

"此案未了,我得坚守豫州与歹人周旋到底。武太后那里,我自会上疏禀明一切。"他在脑子里费劲地砌着词,那些杂乱无章的事务和不可言说的微妙感觉,确实难以头头是道地清晰表达。稍停,他又发出了声音,更像是含混的呓语:"你、你这是去拜谢武太后?"

如果一切就在刚才那种情境下进行,今天的道别就完全符合她的心意

211

了。可是,他这么快说起了其他。一种黑暗而亮堂、冰冷又温暖的感觉在她躯体中弥散开来,恍恍惚惚像置身幻境。她叹一声,竟有松了口气的感觉。这些时日层层叠叠累积起来的柔情蜜意悄无声息地散了大半,昔日的壮志雄心陡然间又回到了心头。

她侧过脸,望着如烟的夜色,朗声道:"我要入京,举整个部族之力,扶持武太后改朝称帝。"

狄仁杰一惊,呆了半晌,问道:"你? 这是为什么?"

阿怜退开两步,定定地望着他,一字一顿地说:"为了完成爹爹的遗志。也为改变我们女子受男子摆布的命运。"

夜雾倏忽散去,那束月光又一次将夜幕分割开来,一明一暗的交界,犹如一道罅隙在幻境中不断扩张。站在原地的狄仁杰,清楚地知道,阿怜将带着俚人们走向那光明的远方,而他自己已然飘向了黑暗的深处。可这是他的选择,哪怕,从此面对的,是动荡危险的未来,是永远的孤独。

狄仁杰闭上眼睛,遏制住了虚无的想象,睁开,闭上;闭上,再睁开时,他已踏上了归途。他知道,阿怜还在身后眺望着他。走出很远后,他依然能够感觉到身后那道丝线一般缠绕着自己的目光。星光下,月影婆娑,他觉出自己的心都被那根丝线勒疼了。